河出文庫

スペース金融道

宮内悠介

河出書房新社

スペース金融道　目次

スペース金融道

スペース金融道

Chain of Responsibility

ユーセフの背を追って、雪山のような白い金属の尾根沿いを進んだ。ぼくは摑《つか》む場所を求めながら、這《は》うように棟《とう》から棟へ移動する。風も重力もないのだから、山上よりはよほど安全だ。宇宙に放り出されることはない。わかってはいるが、どうしても窓のある壁際に寄り添ってしまう。光のある場所から、離れたくないのだ。それに、相手はユーセフのこと。考えうる最悪のザイルパートナーではないか。

いくつもの窓が暖かく輝いていた。

覗《のぞ》きこむだけで、音楽が聞こえてきそうだった。窓の向こうでは、バカンスに訪れた客たちが、いっときのパーティを楽しんでいる。彼らは知らないのだ。いましがたデブリが衝突し、作業員が修復にあたっていることを。通りざまに思った。彼らもぼくと同じだ。消えることのない灯火《ともしび》を、求めている。

（おい！）

無線越しに、ユーセフの叱責《しっせき》が飛んできた。急《せ》かされるのはこれで三度目だ。声は信号の上限にぶつかり、かすれ、ザザ、と耳障りな低いノイズを奏でた。そんなに怒鳴らなくたっていいじゃないか。

（わかっています、でも……）

（いいか。次に〝でも〟と言ったら放り出す）

ユーセフならやりかねない。

コンビを組むようになってまだ一年足らずだが、この点は確信を持って言える。この男は、人を人とも思っていない。観念し、ぼくは棟の外壁を強く蹴《け》った。

暗い一角に入った。

ぼくはヘルメットのシェードを外す。ここは宇宙エレベーターの宇宙港《スペースポート》。巨大な金雀児《えにしだ》のような衛星が居住区の壁を裂き、分け入り、なかば貫通したところで止まっていた。パトリック・グランはそのすぐ脇《わき》に取りつき、損傷箇所に合成樹脂を吹きつけている。動脈近くで止まった銃弾のようなものだ。下手に取り除くより、ときには、そのまま固めてしまうほうがいい。

応援でも来たと思ったのか。パトリックは何気なく振り向いたが、ユーセフを見るとたちまち表情を強張《こわば》らせ、やがて泣いているような笑っているような顔になった。

（パトリック・グランに通話発信。会議ルーム一番を使用）

ユーセフの音声認識コマンドが聞こえてきた。それを受け、パトリックも何かしら口元を動かした。すぐに、三者の通話がつながった。

（何もこんなところまで！　この状況を見てくれよ！）

（だから、こちらから来てやったんじゃないか。おい）

突然名前を呼ばれ、はい、とぼくは上擦《うわず》った声を上げる。

（企業理念）

（はい。わたしたち新星金融は、多様なサービスを通じて人と経済をつなぎ、豊かな明るい未来の実現を目指します。期日を守ってニコニコ返済――）

言い終えるより先に、パトリックが、待て！　待てって！　と叫んだ。

（休憩申請。センターとの通話を一時切断）

弱々しく、音認コマンドが発話される。

（せめて終わるまで待ってくれないか。急ぎの作業なんだよ）

（そんな大事な立場にいながら、先物に嵌《はま》ったのはどこの誰だい）

ユーセフは高周波ナイフを取り出すと、そのまま流れるように、躊躇《ちゅうちょ》なくパトリックの宇宙服の腕のあたりを切り裂いた。勢いよく空気が漏《も》れ、パトリックは斥力《せきりょく》で跳ね飛ばされそうになる。その足をユーセフが押さえた。

（――な）

パトリックはすっかり動顚《どうてん》し、真っ青な顔で切れ目を押さえている。

（や。やめろ、離してくれ！）

（いいか。おれたちはヒマじゃないんだ）

（死ぬ！　死んじまう！）

（大袈裟《おおげさ》だな。ちょっと真空状態になったくらいじゃ、人間は死なないんだよ。まあ、すぐにステーションに戻ればだがな）

（払う。いますぐ払う！　頼む！　離してくれ！）

（わかればいいんだ）

ユーセフはそれだけ言うと、機材を奪い取り、パトリックの腕に合成樹脂を吹きつけた。応急処置だが、これでひとまず死ぬことはない。あとは、生命維持装置が適度に加圧してくれるだろう。

（これは事故だ。わかってるな？）

念を押すユーセフに、パトリックはただ頷《うなず》くばかりだった。震える声で音認コマンドを打ち、ユーセフに利息分を送金する。泣いていた。毎度、とユーセフはつぶやくと、元来た道へ、壁を蹴った。また怒鳴られるのも嫌なので、慌ててその背を追う。

靴の裏を見ながら、ぼくは通話発信した。

（もう、こんな取り立ては勘弁してください）

（馬鹿言え。宇宙だろうと深海だろうと、核融合炉内だろうと零下一九〇度の惑星だ

ろうと取り立てる。それがうちのモットーだ)
(……核融合炉には一人で入ってくださいね)
ユーセフを追いながら、ぼくは幾度か後ろを振り向いた。パトリックは作業を止めたまま、呆然《ぼうぜん》と中空に浮かんでいた。気にならないと言えば嘘《うそ》になる。でも、かかずらっても身が持たない。今回はまだいいほうだ。みんな、何かしら事情がある。死んだ人間だっている。きれいさっぱり忘れること。それが、この仕事をつづけるコツだ。
同じだ、と思った。ぼくも、パトリックも、たぶんユーセフも。最初は明るい場所にいたかった。だけどいつの間にか、一番遠い場所にまで来てしまった。エレベーターの赤いライトが宇宙港に向けて登っていた。正面に惑星が見えた。人類が最初に移住に成功した太陽系外の星——通称、二番街が。

狭い三段のベッドが船室のように並んでいる。

シーツは清潔に保たれていたが、空調が悪いのか、あるいは部屋そのものに染みついているのか、饐《す》えた匂いが空気中を漂っていた。客たちの鼾《いびき》は潮《しお》のように上下し、折り重なっては引き、止んだと思ったら、またどこからか鳴りはじめる。

宇宙港のなかでも、一番安いドミトリーだった。

それこそ、パトリックのような男の仮宿だ。荷物を入れるロッカーには、鍵さえない。二番街の首相、ハシム・ゲベイェフのポスターが壁に貼《は》られている。上院のただ一人のアンドロイド議員でありながら、豊富な資金を武器に、与党のトップにまで登りつめてしまった人物だ。保守派からの批判も多いが、ぼくはほんの少しだけ期待している。

「まずは一休みだ。報告書はいつも通り、手分けしてダブルチェックな」

「はい」

結局、その日は七件を取り立てた。

くたくたになった身体を沈め、ベルトで固定してみたが、とても疲れが取れる気がしない。狭く、身体を起こせる空間もない。夜はせめて疑似重力つきの部屋でシャワーを浴びたいと言ったのだが、「駄目だ」の一言だった。

赤字なのである。

地上での移動とエレベーターの運賃、それから宿泊費用。人件費。とてもじゃないが、割にあわない。でも、舐《な》められたら終わりの商売。だから客の追跡には力を入れる。宇宙だろうと深海だろうと、核融合炉内だろうと零下一九〇度の惑星だろうと——これは、あながち嘘じゃない。

一度、海底に棲《す》む知性体から取り立てをしたことがある。なぜ彼ないし彼女が金を必要としていたのかは知らない。みんな、何かしら事情がある。帰り道、ぼくは巨大魚に襲われて命からがら逃げおおせたのだが、ユーセフはその間ずっと高みの見物を決めこんでいて、ぼくは食われた左腕を機械に置き換えるはめになった。長く休職してもいられないので、時間のかかる再生医療には頼れなかったのだ。労災が振りこまれるのが遅く、ぼくはユーセフから治療費を借りることとなり、当然のことながら利子も取られた。腹が立つので、いつかヒマができたら、あの魚を釣って食ってやろうと決めている。

ベッドの上段から、ユーセフが報告書を打つ音が聞こえてきた。

雑用を人に押しつけず、仕事は必ず手分けする。これはユーセフのいい面だ。たった一つのミスで信用を失うやつもいれば、普段はいい加減で最悪なのに、たまにいいことをして挽回するやつもいる。ユーセフは確実に後者だ。

「――今日の三人目、あのアンドロイド、なんていった」

「マリー・リップマンですか」

「それ。結局どうなったんだっけ?」

「金がないということだったので、利子分を新たに貸しつけようかと提案しました。それは嫌だと相手が言ったところ、ユーセフさんが間髪入れずにお客さんの右腕を切り落として、それを売って利子分にあてることとなりました」

ひときわ高く、どこからか鼾が聞こえてきた。ぼくは小声になって、

「実際は利子分に届かないことがわかったので、おのずと、もう片方の腕に目が行ったのですが、それをやると今後の返済もままならなくなるとお客さんが訴え、それもそうだという話になり、今回はこれで納得することとしました」

「一行にまとめろ」

「すみません。ええと、〝物品による代替回収、満額には至らず〟です」

「わかった」

ぼくは懇願するようなマリー・リップマンの目を思い出した。うちの客にはアンドロイドが多い。バクテリアだろうとエイリアンだろうと、返済さえしてくれるなら融資をする。そのかわり高い利子をいただきますというのが、うちの方針らしい。

大手はなかなかアンドロイドに貸しつけをしない。危険度の高い職につくことが多く、個籍さえないこともあるからだというが、それは建前で、おそらくは差別があるのだろう。でもそのおかげで、ぼくもメシが食えている。立派なことは言えない。

ぼくはノートパッドに報告書を書こうとしたが、疲れのせいで文章が書けない。

ひとまず、社内報を確認してみることにした。

多様なサービスを通じて人と経済をつなぎ、豊かな明るい未来の実現を目指します——一面にはいつもの企業理念の下に、今週の社長の一言、各支社の決算報告、それから社員の表彰が並んでいる。言語は、機械翻訳のために最適化されたクレオール英語。汎語《はんご》、マシナリー・クレオールとも呼ばれている。言語処理が、未熟だった時代の名残りだ。

社長は十七光年先の地球本社にいるはずだ。だからこれは、本当は十七年前のコメントということになる。いまごろは、もう代替わりしているかもしれない。ぼくが所属しているのは、二番街支社。五百光年先にも支社はある。そうした支社から集められたバラバラの情報をつなぎあわせ、自動的にマージしたものが、この新星金融の社内報だ。

これだけ距離があるのだから、当然、それぞれの支社は独自に動く。そのかわり、特殊なカスタムをされたアンドロイドが、ブランドマネージャーの権限を持っている。

ぼくが楽しみにしているのは、「ノヴァちゃん」という猫が登場する一ページ漫画だ。あるとき、どこかの恒星系で金に困った漫画家が、現品で払うものさえなく、取り立ての担当がなかばヤケ気味で漫画を描かせた。それが評判を呼び、いつの間にか社内報に載るようになり、完済後も連載がつづいている。

ノヴァちゃんは新星金融の取り立てスタッフだ。何かとタチの悪い客に苦しめられ、あの手この手を考えるがうまくいかない。最後には諦《あきら》めて腹這《はらば》いになったり、ごろごろと喉《のど》を鳴らしたりし、その可愛《かわい》さに負けて客は支払いをしてしまう。だいたいこのパターンだ。

もちろん猫は取り立てをやらない。あるいは、そういう惑星もあるのかもしれないけど、客はいつだって往生際が悪い。この点は、どこもそうは変わらないはずだ。現実に、こんなことはありえない。でも、そこがいいのだ。

ぼくは情報共有のページを開いた。

取り立てのノウハウや危険情報、ブラックリストなどを社員同士で共有する掲示板だ。一つ、気になるニュースがあった。遠く離れた惑星で、アンドロイドの死亡事故が起きていた。借金から逃れようとしたアンドロイドが、別のアンドロイドの身体を乗っ取り、元の身体を破壊して死んだことにした。そこの支社のスタッフは二年をかけて追跡し、取り立てに成功したようだが、これを繰り返されると、うちとしては商売あがったりになる。今後、流行《はや》るかもしれないから注意のこと、と書かれていた。

「報告書、できたか」

上段から声がした。一休みするのではなかったのか。「ごろごろ」とぼくはノヴァちゃんを真似《まね》て言ってみた。頭上からユーセフの拳骨《げんこつ》が飛んできた。ぼくは黙ってワードパッドを開き、報告を書きはじめた。

ぼくらは死者と競争している。

恒星系をまたいだグループ企業では、便宜上、よその星の数百年前の出来事を現在形で語ることが多い。いわく――L８系支社の新人はもう回収率八割を達成している。

おまえも頑張れ。ところで、その新人はいまどこで何をしているのか。とうの昔に死んでいるのだ。ぼくが生まれるよりも前から。

作業を終えてからぼくはユーセフとシャワーを浴び、バーに入った。自腹でもいいから身体を洗いたいと言ったところ、おごってやるよ、という話になった。公共のシャワー室やバーには、地上の半分程度の重力が設定されている。無重力は嫌だが、重力に逆らって立つのも疲れる。わがままな話だ。

ユーセフは柑橘系《かんきつけい》のジュースを頼み、ぼくはスペースカクテルという垢抜《あかぬ》けない名前の観光客向けのオリジナルメニューを頼んだ。青色をしたその液体は、エンジンオイルでも入れたのではないかという味だった。

顔に出ていたのだろう。ユーセフは呆《あき》れた口調で、

「おまえはいつもそうだ。余計な冒険をして転ぶ」

ぼくは負け惜しみを言った。「そのかわり、豊かな世界を生きてるんです」

バーテンダーは黙ってグラスを拭《ふ》いている。目を見た感じでは、おそらくアンドロイドだろう。この直感は、けっこうあたる。店のスタッフは、人間とアンドロイドが半々といったところ。だいたい、どこもそうだ。

アンドロイドは人間そっくりだが、どこか違う部分もある。たとえば、よく旅をし

たり、職を転々とすることが多い。

このごろは、精神疾患にかかるアンドロイドが増えたと聞く。それは差別によるものではないかとぼくは思う。人間と同等かそれ以上の権利が保障されている文明圏もあるが、依然として、そうでない場所のほうが多い。そうすると金を借りるにも、うちのような会社を選ぶしかない。法整備も曖昧《あいまい》だ。だから、人格を転写しようが追跡をして取り立てるし、身体の一部を切り離し、回収することもある。

「……祈りの時間だ」

ユーセフがつぶやくと携帯用のカーペットを床に広げた。位置認識機能がついていて、宇宙のどこにいてもメッカの方角を向けるという優れものだ。地球で生まれた原始宗教はいまも姿を変え、宇宙各地に点在している。

「ムスリムなのに、金貸しをやるなんて」

この指摘も、何度目のことかわからない。太古の地球で生まれた本来のイスラム教を、ぼくは知らない。でもそれが、金利を禁じていたというのは有名な話だ。

「いいか、こんな話がある。パキスタンのムスリムは敬虔《けいけん》だが酒を飲む。バングラデシュのムスリムは、不敬虔だが酒を飲まない」――どちらも、昔、地球にあったという国の名前だ。「だから、二番街のムスリムは、信心深いが金を貸すんだ」

「何度も聞きましたよ。何が、だから、なのかわからない」

ユーセフはそれ以上は喋《しゃべ》らず、口元で何事か祈りの文句をつぶやいていた。アラビア語という言語らしい。本人も、意味はよくわかっていないようだ。ユーセフというのはムスリムネームで、本名は別にある。なぜ、彼が太古の宗教に惹《ひ》かれたのかはわからない。ぼくも訊《き》かないし、ユーセフも語らない。信心深いこと。これもユーセフの特徴だ。いいことなのか、悪いことなのか。それはわからない。

ユーセフは過去を語らない。

でも一度だけ、ぼくの入院中、左腕のリハビリをしていたころ見舞いに訪れ、漏らしたことがある。ユーセフは、かつて国の機関に勤めていたそうだ。任務は金融工学の研究。嘘つきばかりの職場だが、これは嘘ではないと思う。ユーセフは、口は悪いが嘘は言わない。

ユーセフは物理と経済の学位を持ち、量子金融工学なる分野のエキスパートだったらしい。専門は、多宇宙ポートフォリオを中心とする量子デリバティブ。何がなんだかわからないと思うが、ぼくもわからない。

「もともと、金融工学と量子力学は確率微分方程式でつながっているんだ。離散的であるという点では、量子も金融商品も変わらない。だから、宇宙をまたいだオプション取引やデリバティブが発生するのは歴史的必然だったのさ」

「すみません」

ぼくは震える左手で食事のスプーンを運びながら、ユーセフの話を遮った。

「いま何か、呪文《じゅもん》のようなものが聞こえました」

ユーセフはため息をつくと、ぼくのかわりにスプーンを持ち、食事を運んでくれようとした。リハビリだからとぼくは断った。本当は右利きなのだ。

「よく誤解されることだが、金融工学は金《かね》を殖《ふ》やすための学問じゃないんだ」

ユーセフはぼくの手元を見ながら、嚙《か》み砕《くだ》いた言いかたをした。

「市場の動きは予測できない。だが、低いリスクで投資をすることはできる。それが、金融工学の出発点だ。そうだな、たとえば、ブラック・ショールズ方程式というのがある。金融商品の値段を決めるための公式だと考えてくれ。これは、市場の予測できないランダムな動きを、確率的に記述することからはじまった」

「それで、安全に投資できるようになるんですか」

「ならない。この方程式を作った連中が興《おこ》した投資会社は、まもなく破綻《はたん》したんだ。というのも、ランダムな動きといっても、その内容は実にさまざまだ。さっきの方程式は正規分布というものを前提にしているが、現実の市場はそうなっていない」

「だったら、その分布を補正すればいい」

「そういう試みもなされた。でも定着はしなかった。一つには、計算が煩雑になる。もう一つには、方程式を補正しても、その補正のせいで、市場の動きが変わってしまう。いたちごっこなのさ。そこで、量子金融工学は、原点に立ち戻って考えた。ブラック・ショールズ方程式の背景にある数学は、さかのぼればブラウン運動にたどり着く。これは簡単に言えば、水中で破裂した花粉の動きを表すモデルだ。しかし株価と花粉粒子では動きが大きく違う。そこで、より精密に、株価の動きを量子の動きにあてはめ、シュレーディンガー方程式を解いて確率を得ようとなった」

「ええと……」

一行にまとめてくれ、とは言えない。

「量子力学と金融工学が出会ったことで、おのずと一つの可能性が生まれた。ポートフォリオ、分散投資の新しい形だ。もともと、投資とはいかにリスクを回避するかだ」

ユーセフはペンを取ると、ぼくの新しい左腕に勝手に絵を描きはじめた。

たとえば、暑いとよく穫れる米と、寒くても穫れる麦の両方を先物買いする。そうすれば、暑くても寒くても、大きな損害を被ることはない。でも、どんな場合にも対応できる分散投資などない。これが投機家たちの悩みの種だった。

最後に、ユーセフは悩める投機家の顔を描いた。

「そこで、新たな手法が考え出された。いいか、あくまで物の喩《たと》えと考えてくれ。米が豊作である宇宙と、米が不作である宇宙の両方に投資する。こうすれば、精度の高いリスクヘッジが可能になる。これが、多宇宙ポートフォリオという分野の基本的な考えかただ」

「待ってください」ぼくは思わず遮った。「隣りの宇宙から米は届きません」

「いい指摘だ」ユーセフが応《こた》えた。「そう、これは仮定だ。あくまで、彼らは仮象の米を取引している。実際は、投機家と証券会社の間で金のやりとりがあるだけさ」

でもな、とユーセフはつけ加え、話を打ち切った。

「レトリックだよ。どのみち、市場も人の心も読めない。それだけだ」

ユーセフの研究は頓挫《とんざ》した。

ある日、突如としてストップの声がかかり、資金を打ち切られた。十年ほど前に、惑星規模の金融破綻が起きた。その原因が、量子金融工学にあったのだという。ユーセフは野《や》に下り、いくつかの職を転々としたのち、新星金融に入社した。地球の原始宗教に帰依したのも、この時期のことらしい。詳しい事情については、ぼくも訊かないし、ユーセフも語らない。それでいいとぼくは思う。みんな、何かしら事情がある。

翌日も取り立てだった。ぼくとユーセフは目立たないよう、ビジネスマンを装うことにした。慣れないスーツを着たぼくを見て、「馬子《まご》にも衣装だな」とユーセフは言った。

だが、不作だった。

二人目までは港の屋台街で発見したが、その日に取り立てる予定だったほかの三人には逃げられた。ぼくらが宇宙港まで来ていることは、すっかり知れ渡っていた。特に、アンドロイド同士のネットワークは固い。情報が伝わり、ターゲットに逃げられてしまうのだ。

だから取り立て人は、ときには変装し、目的の相手に接触する。

アンドロイドのネットワークは、人間のそれとは別物だ。ぼくたちは、彼らのネットワークを見ることができない。たとえ見られたとしても、おそらくは理解さえできないだろう。だから、ぼくらはそれをこう呼ぶ。暗黒網《ダーク・ウェブ》と。

逆に、アンドロイドもまた、人間のネットワークにはアクセスできない。これは、遠い昔に制定された規則がベースになっている。かつてアンドロイドの知性が人類を超えそうだとなったとき、脅威を感じた人類が、新三原則というものを制定したのだ。

第一条　人格はスタンドアロンでなければならない
第二条　経験主義を重視しなければならない
第三条　グローバルな外部ネットワークにアクセスしてはならない

スタンドアロンとは、人格の複製や転写ができないことを意味する。

二つ目の経験主義については、こう説明されている。「行動の決定にあたっては因果律を優先し、因果律の重みづけは自己の経験に従う」——何やらわからないが、つまりこうだ。たとえば、以前黒猫を見たその日に解雇され、車に轢《ひ》かれ、帰宅したら家が焼失していた。今日は黒猫を見たので会社を休もう。

もちろん、気にせずに出社することもある。「因果律の重みづけ」は個体により異なるからだ。要は、あまり合理的すぎるのもなんなので、もう少し人間風に行きましょうということだ。むしろユーセフにあてはめたい。

最後の一つが、ウェブへのアクセスを禁止している。

「グローバルな」と明記してあるのは、職務を妨げないよう、それぞれの環境でイントラネットを構築していたころの名残りだ。知識の面で彼らの能力を制限しようというものだが、いまはなかば形骸《けいがい》化している。アンドロイドは独自にピア・トゥ・ピア型のネットワークを築き、それを共有するようになった。それが暗黒網《ダーク・ウェブ》だ。

この三原則とひきかえに、アンドロイドは一定の権利を得た。でも、差別は根強い。二番街などは露骨だ。建前上は公民権があるのに、投票に行ったというだけで、職を解雇されたといった例があとをたたない。だから、公民権運動はいまもつづいている。

ところで、ユーセフから聞いた話では、第三条にはもう一つの意味があるらしい。

「なぜアンドロイドが人間とそっくりか、知ってるか」

「……さあ、わかりません」

　ぼくは震える声で応えた。なぜなら、そのときぼくは飛行機で地上一万メートル以上まで上昇し、パラシュートを背負わされていたからだ。そしていままさに、眼前のハッチが開こうとしている。ユーセフとしては、緊張を解きほぐそうとしてそんな話をしたのかもしれない。でも、はっきり言って、ぼくとしてはまったくそれどころではなかった。

「少しは考えろ」

「そりゃ、人間が作ったからでしょう」

「それはおかしい」とユーセフが指摘する。「もちろん、アンドロイドは最初から人間に似せて作られている。人格の転写はできないようプロテクトされているし、ファームウェアの寿命は人と同じくらいに設定してある。でも、そんなプロテクトは外せる。もともと、人間とはまったく違う生命体なんだ。それが、おれたちと同じように物を考え、その日その日を暮らしているのはおかしいと思わないか」

　実際、とユーセフはつづけた。

「初期型のアンドロイドは人間のようには動いてくれなかったんだ。研究室で生まれたアンドロイドは人間とは違う言葉を喋り、学者には理解できない、まったく別の論理で行動するようになった。機械でできていて、人間よりもスペックが高い。そんな生物の取る行動や喋る言葉が、おれたちに理解できるわけはなかったんだ」

このときハッチが開ききった。行くぞ、とユーセフがつぶやいた。

「でも、その……」足が震えて動けなかった。

「いいか。次に〝でも〟と言ったら蹴り落とす」

「でも……」

ユーセフはぼくを飛行機から蹴り落とすと、自分もあとからつづいた。

その日のターゲットはカスミアオイと呼ばれる植物だった。もともと、二番街は土壌が悪く、植物が育ちにくかった。そこで学者のグループが、空を飛ぶ植物を作り、古代日本語からカスミアオイと名づけた。カスミアオイは浮き袋を持ち、そのなかに水素を蓄えている。学者たちは彼らに雲を探すための視覚器官をつけた。

こうしてカスミアオイは低気圧とともに移動し、雲を食べて暮らしている。

二番街の空中は、この植物に覆われている。風向きや気候によっては真っ暗になるくらいだ。これによって、人類は必要なだけの酸素が得られた。

ところが、不測の事態が訪れた。カスミアオイは空中でネットワークを築くと、知性を持つまでに進化してしまったのだ。彼らは個体であると同時に、群体でもある。カスミアオイは、光合成の対価として金銭を要求するようになった。聞いた話では、人間の音楽を買っているらしい。どうやって聴いているのかは知らない。やつらに訊いてくれ。

問題は、そんな空を舞う植物が、新星金融に借り入れを申し入れてきたことだ。審査のスタッフは、光合成ができる以上は返済能力はあると見た。バクテリアだろうとエイリアンだろうと、返済さえしてくれるなら融資をする。それがうちの方針だ。取り立てはぼくらに丸投げされた。でも、どうしろというのか。

「――新星金融の者だ！　取り立てに伺《うかが》った！」

ユーセフの声は翻訳機を通し、空中に幾何学《きかがく》模様の立体映像を描き出した。これを受けて、カスミアオイの群れが動き、新たな模様を描き出す。パターンからパターンへ、模様は目まぐるしく変化する。これが彼らの言語なのだ。遅れて、翻訳機が声を発した。

「御社から融資を受けた者はもう死亡した」

「知るか！　おまえたちは個体でもあり、群体でもある。いわば連帯保証人だ！」

「そのような契約はなされていない」

「いま、飛行機からウイルスを散布している！」

そんな話ははじめて聞いた。たぶんハッタリだろうが、念のためぼくは息を止めた。

「これはカスミアオイにのみ感染し、おまえたちが水素を電気分解するプロセスを阻害する！　いまは無害だが、コマンド一つで活性化するようプログラムした！」

ナノマシンなのか。

「そんなことをしたら、惑星そのものが危機に陥る」

「おれたちの仕事は取り立てだ！　それ以外のことなどどうでもいい！」

しばらく植物は迷っていた。空中のそこかしこにパターンが浮かびかけては消えたが、喧嘩《けんか》は得策ではないと踏んだのか、元金と利息分を支払う旨《むね》を告げてきた。

カスミアオイは、意地や面子《めんつ》にこだわらない。

こんな話もある。人類がカスミアオイに求めたものは、光合成のほかにもう一つある。バースコントロールだ。雲を食べすぎないよう、出生率を抑えてもらう。

毎度、とユーセフは言うとパラシュートを開いた。ぼくもそれに倣《なら》おうとした。でも、うまくいかなかった。いくら紐《ひも》を引いても、パラシュートは開かなかった。ぼくは青い顔で上司を窺《うかが》った。何が起きているのか、ユーセフも即座に理解した。

ユーセフが通信機越しに叫んだ。「予備のパラシュートを開け！」

ぼくも叫んだ。

「だめです！　死ぬ前にこれだけ！　あんたは超最悪の上司でした！」

死ななかった。

様子を察知したカスミアオイの一団が動き、空中で駕籠《かご》のようなネットワークを作ると、ぼくの身体を受け止めたのだった。

遅れて、ユーセフも駕籠のなかに降りてきた。

「おれのことがなんだって？」とユーセフが言った。

「尊敬する憧《あこが》れの先輩です」とぼくは応えた。

ユーセフはぼくの右の頰《ほお》を殴り、次に左の頰を殴った。

「おい、植物ども、聞こえるか！」

「聞こえている」

「こいつの命を助けてくれた礼だ！　利息分はいらない！　サービスだ！」

ぼくらはカスミアオイの駕籠に揺られながら、しばらく空中を漂った。そのうち、思い出したようにユーセフがつぶやいた。

「……学者たちは、アンドロイドの無意識に干渉することにしたんだ」

「へ？」ぼくは間の抜けた返事をしてから、さっきの話のつづきだと気がついた。

「正確には、無意識という機構を組みこんだ。昔、フロイトという学者が言い出した概念だ。学者たちは、人間の持つネットワーク——無数の日記や会話、つぶやきといった記録を共通の無意識として、アンドロイドの知性の深層に据え置くことにした」

ユーセフはおおまかな設計をぼくに語った。いわく、アンドロイドの無意識モジュールに、人間側が暗号化した情報を一方的にプッシュ配信する。モジュールはブラックボックスになっていて、中身を見ることはできない。

「本来はまったく違う生命体だったアンドロイドが人間のように振る舞うのは、これが理由だ。ここから、アンドロイドの無意識はクラウドと呼ばれている。無意識というものを、人間が持っているのかどうかはわからない。だが、やつらはそれを持っているというわけだ」

だから、とユーセフはつづけた。

「アンドロイドは人間のウェブにアクセスしてはならない。アンドロイドが人のネットワークに干渉すると、クラウドは人間の鏡像ではなくなってしまう。人間のネットワークを人間が管理する場合のみ、アンドロイドは人間のように振る舞うんだ」

植物の駕籠に揺られながら、ぼくは曖昧に頷いた。

このカスミアオイとの一件は美談となり、社内報でも大きく取り上げられた。以来、空を舞う心優しい植物と新星金融は、良好な関係をつづけている。ユーセフは表彰を受け、昇進した。利息分がぼくの給料から差し引かれたことだけを、誰も知らない。

宇宙港での滞在は二泊止まりとなった。

ユーセフに、社から呼び出しがかかったのだ。人格を転写して借金逃れをしたアンドロイドの件が、静かな波紋を広げていた。情報共有のページにはたくさんのコメントがつき、別の恒星系でも同様の事件が起きていたらしいことがわかった。

二番街支社でも対策のための会議が開かれることとなり、アンドロイドからの取り立てで好成績をあげているユーセフの出席が求められた。これを聞いてユーセフは舌打ちをした。まだ、目標の取り立ての半分も満たしていなかった。

「まあいい」とユーセフは即断した。「新星金融は宇宙港まででも取り立てに来る。それを示せただけで、今回はよしとしよう」

ぼくには嬉《うれ》しいニュースだった。

無重力のドミトリーで寝るのは嫌だったし、社の呼び出しとあれば、何日もユーセフと一緒に宇宙エレベーターに乗るのではなく、シャトルで地上に戻ることになる。

「それより、おれはその事件のことを知らない。かいつまんで話してくれないか」

「はい」

ドミトリーのベッドに横になりながら、ぼくはユーセフに説明をした。

最初の事件が起きたのは、ＤＬ２系支社だ。借金を返せなくなったアンドロイドが、別のアンドロイドを乗っ取り、元の身体を破棄した。その一年後、ＤＶ５系支社でも同様の事件が起きた。こちらはただの死亡事故と思われていたが、あとからの調べで、同じように人格の転写による借金逃れが起きていたことがわかった。

「模倣犯か」

「そのようです。手口が巧妙です。まず、自分と関わりのないアンドロイドに狙《ねら》いを定め、拉致してから人格を転写する。元の身体には、翌日に入水自殺《じゆすい》するようプログラムしておく。解析したところ、このプログラムがそっくり同じだったそうです」

「なるほど」

「水死を選んだのは、証拠隠滅のためと思われます。自己消去プログラムを走らせることはできますが、それでも記憶領域から完全に痕跡を消すことはできない」

この意味で、アンドロイドは完全に死ぬということができない。これは、人類によってかけられた呪《のろ》いのようなものだ。外部装置を使えば完全な消去もできるが、その場合、装置そのものが残る。

「ですから、水没によって、機器が破損することを期待したと考えられます」

「うん」

「まず、DL2系で事件が起き、その手口が一部の暗黒網《ダーク・ウェブ》で共有された。それを模倣して、DV5系で同様の事件が起きた」

「ちょっと待て。おかしいぞ」

上でベルトを外す音がした。ユーセフがベッドを這い出て、ぼくの横に浮かび出た。

「おれの記憶では、その二つの恒星系は十光年以上離れている」

「え?」ぼくは訊き返した。「何がおかしいんです?」

「馬鹿かおまえは」

吐き捨てるような口調で言う。ほかに言いかたはなかったのか。

「二つの事件の時間差は一年。――情報が、光速を超えてるんだよ」

「あ……」

そこからは意見の出しあいになった。

ユーセフとしては、会議の開催までに前提知識を固めておきたい。でも現状のままでは、謎《なぞ》が残り、はっきりした事実関係が見えてこない。

「辻褄《つじつま》だけ合わせるなら簡単だ」とユーセフは言う。「たとえばどこかの誰かが、そのような行動を取らせるプログラムをし、二つの星系にアンドロイドを送りこんだ」

「借金を踏み倒す、ただそれだけのためにですか」

「そうだな。これはおかしい。何かアイデアはあるか?」

「以前、アンドロイドには共通無意識があるとおっしゃいましたね。星系をまたいだ二体のアンドロイドが、一つの無意識でつながっているということはないですか?」

「ああ、クラウドのことか。それはない。アンドロイドの共通無意識は、おれたちが持つ人間のネットワークにすぎない。情報が光速を超えるようなことはないんだ」

「だとすると」ぼくはつづけた。「まだぼくらが知らない、第三の事件があるんです」

「どういうことだ?」

「これを仮にX星事件としましょう。このX星で、やはり同様の事件が起きた。このことをぼくらは知らないけれど、一部のアンドロイドは、暗黒網《ダーク・ウェブ》を通じて情報を得ていた。二つの事件は、これを模倣して行われた」

「なるほど。だが、宇宙のどこかであったかもしれない事件を仮定するのか」

「絞りこめます。彼らは情報共有が早く、知ったことはすぐに行動に移す。つまり、X星はDL2系とDV5系の間に位置しています。具体的には、DL2系までがn光年、DV5系までがn＋1光年の距離です。この条件を満たす円錐上の文明圏は限られている。そこで発生した、アンドロイドの水死事故をあたるんです。時期は、DL2系事件のn年前。もしあったならば——それが、X星事件です」

「いいぞ」ユーセフはにやりと笑った。「よく思いついたな。すぐ調べられるか?」

「はい」

言いながら、ぼくはユーセフの特徴をもう一つ思い出した。ずるいところだ。この男に褒《ほ》められると、どういうわけか、嬉しくなってしまうのだ。


条件を満たす文明はすぐに見つかった。DL2系までn光年、DV5系までがn＋1光年の惑星は、誤差を設定した上でも一つしかなかった。それは、いま真下にそびえる惑星——ほかならぬ二番街なのだった。

水死事件はあった。

五百年前の、二番街で。

しかもそのアンドロイドは、新星金融から借り入れをしていた。クライアントの死亡により回収を断念、と当時の記録に残っている。ぼくとユーセフは顔を見あわせた。

ぼくらは水死したアンドロイドの行方——つまり、彼ないし彼女に宿っていた人格を追跡できないかと考えた。

そうしようと思ったのは、ユーセフの指摘がきっかけだった。

「事件の犯人をXとしよう。あくまで可能性としてだが、Xは同じ手口を繰り返して、いまも生きているかもしれない。だとしたら、追跡できないこともない」

「追いかけてどうするんですか」

「決まってるだろう。取り立てるんだよ」

呆れた。

Xが二番街の客らしいとわかった瞬間から、ユーセフはこのことを考えていたのだ。

「……複利計算で、利息が全宇宙の原子の数を超えますよ」

「いまから言うアルゴリズムでプログラムを書け」

「はい」

「Xの追跡にあたって、再帰的な探索を行う。条件は、過去に水死した全アンドロイドのうち、X星事件当時、近くに居住していた者すべて。百人いるかもしれないし、逆に一人も出てこないかもしれない。もし一人以上いた場合は、彼らの水死をX＋1事件として扱う」

「待ってください」ぼくはノートパッドを開いてメモを取りはじめる。

「つづけるぞ。すべてのX＋1事件について、同様の検索を行い、X＋2事件を洗い出す。これを、X＋3、X＋4と順に繰り返し、すべての可能性を網羅する」

「Xが同じ手口で人格を複写していったとして、その足取りを追うんですね」

「そうだ」

「この方法だと、候補が鼠算《ねずみざん》式に分岐しませんか」

「やってみなければわからない。ただ、アンドロイドの水死は、そう頻繁に起きることではない。もしXがいまも実在するなら、一本の道に収束することも期待できる。むしろ、一つの候補も出ない可能性のほうが高いと思う」

「確認させてください。以上の方法で洗い出したルートのうち、もし現在にまで至る道があったなら、そのすべての候補を出力し、それをもって探索結果とする」

「すぐ書けるか？」

「書くだけなら十五分。ですが、チェックもしないと……一時間もらえますか」

言ってから、しまったと思った。

つい、いいところを見せたくて短く見積もってしまった。一日仕事だと言っておけばよかったのだ。ユーセフは満足げに頷くと、待つぞ、と言って自分のベッドに戻ろうとした。その表情に、一瞬だけ影がさすのがわかった。ぼくは思わず訊いていた。

「どうかしましたか」

「おまえは変に鋭いな」ユーセフが苦笑した。「おれも、おまえのアプローチは悪くないと思った。でも、その一方で、心のどこかで期待しちまったんだよ。ほんの少しだけだがな」

「なんのことです」

「笑うなよ」

「笑うもんですか」

「この宇宙のどこかで、誰かが、光速を超える通信方法を考え出した可能性さ」

「ははは」

ユーセフはまずぼくの右の頬を殴り、次に左の頬を殴った。

最初は農民だった。

二番街の不毛地帯を開墾《かいこん》し、農耕を可能にすること。それが、Xに託された最初の役割だった。Xは人も住めないような土地を何十年にもわたって耕し、土壌調査をし、ある程度の見こみが立ったところで、生産拡大のために資金の借り入れを申し入れた。

Xが耕した土地は、いまは二番街有数の穀倉地帯となっている。

だが、借り入れからまもなくして、惑星規模の飢饉《ききん》が発生した。

返済が不能になり、Xは水死を選ぶ。土地は国有のもので、X本人に資産らしい資産は残されていなかった。こうして、当時の担当者は回収を断念する。このころには、Xは新しい生活を送りはじめていた。Xは、都市部でオフィスワーカーとして働いていた。会社での仕事を真面目に勤め上げたのち、退職し、釣りに行くと言い残して水死した。

その次のXは病者だった。

当時としてはまだ珍しい、アンドロイドの精神病者である。Xは人生——人生と呼んでよければだが、その大半を閉鎖病棟で過ごし、入退院を繰り返したのち、水死することを選んだ。

なぜXがこのような遍歴をたどるのか、ユーセフには自説があるようだった。

「……経験を蓄えてるんだ」

「なんのためですか」

「三原則の一つ、経験主義であることだ。アンドロイドの知力を抑えるために、人類は彼らの論理的思考を制限した。だから、アンドロイドは経験を重んじ、経験を積み重ねることで、正しい判断基準に近づこうとする。彼らは職を転々としたり、あるいはよく旅をしたりするだろう。それは、この原則によって生まれた習性なんだ」

「ですが、人格を転写することで、すでに原則の一つを破っています」

「プロテクトには、破るメリットが大きいものと小さいものがある。人格を転写するのは、それによって長く生きられるという明確なメリットがある。逆に、破ろうという発想にさえ至らないプロテクトもある。つまり、経験を重んじるようにとプログラムされた人格が、経験主義の原則を自ら破ろうとは、なかなか考えつかないものだ」

どうしてユーセフはアンドロイドの生態に詳しいのか。

もちろん、顧客について知ることは重要だ。でも優秀な取り立て人は、必要以上に相手を知ろうとはしない。興味を持たないこと。きれいさっぱり忘れること。それが、この仕事を長くつづけるコツだ。不思議に思い、ユーセフに訊いてみたことがある。返答は意外なものだった。「憎いんだよ」とユーセフは言ったのだった。ぼくはそれ以上は訊かなかったし、ユーセフも何も言わなかった。

Xの次の人生は神父だった。原キリスト教に近い宗派の神父として、日曜には説教をし、ミサを行い、また人間たちの懺悔《ざんげ》を聞いた。当時のXをめぐるログは多く見つかった。Xはアンドロイドでありながら、人間たちから慕われ、愛されていた。だからXが水死したとき、多くの人たちが彼の死を嘆き悲しんだ。

Xは旅人になった。彼の紀行文はいっとき二番街の住人たちの支持を集め、万単位で複写されたが、いくつか作を重ねたところで飽きられ、複写回数も減少していった。Xが水死したとき、彼を憶《おぼ》えている人間はほとんど誰もいなかった。

その次が壮絶だった。

Xは革命家だった。Xは農耕のために不毛地帯に送り出されたアンドロイドたちを煽動《せんどう》し、あるときは壇上で演説をし、あるときは武器を取り、アンドロイドの公民権運動に携わった。だが、政府がXの組織のメンバーを切り崩した。公民権はないままに、生活の一部が保障され、農耕をめぐるいくつかの特権が付与された。

メンバーがこの成果に満足したのに対し、Xはあくまで強硬な運動を主張し、結果として組織からパージされた。Xは人間からもアンドロイドからも背を向けられ、一人の味方もいないいなか水死を選んだ。

「……ポル・ポトを思い出すな」とユーセフがつぶやいた。

「誰ですって？」

ユーセフが露骨に馬鹿を見るような目つきをしたので、ぼくは質問を諦めた。そんな顔をしなくてもいいじゃないか。誰がプログラムを書いたと思ってるんだ。

革命家としての失敗は、Xにとって傷手《いたで》だったのかもしれない。

その後、Xはいくつかの凡庸な人生を送っている。都市部から農村へ。農村から開拓地へ。初心に返るように、Xの足取りは過疎地へ向かっている。この間、見るべき成果や業績はない。むしろ、凡庸であろうとしている節が窺えた。ただ、この隠遁にも近い一時期があったおかげで、絞りこみが容易になった。

Xは転向した。Xは旧《ふる》い紛争地帯で地雷を撤去したり、あるいは砂漠地帯で一人井戸を掘るようになった。カスミアオイが雲を食べてしまう関係から、二番街では水資源が不足することが多い。Xに注目する者はいなかった。アンドロイドが地雷を取り除いたり、砂漠に井戸を掘ったりするのは、珍しいことではない。Xの姿に、かつてのような野心は見られない。かわりに、ぼくの目にはまるで聖者のように映った。

一人の弟子も信徒もいない、砂漠の聖者。

ほとんどの時間をおそらくは一人で過ごし、最後には自らが掘った井戸で水死した。

「……ここまでか」とユーセフが言った。

「そうです」

二十年ほど前のことである。ここで、Xの足取りは途切れている。

「当時、この砂漠を訪れたアンドロイドは……」

ユーセフは質問をしかけたが、いやいい、と打ち消した。

「いるはずもないな。Xの遍歴は、ここまでだったということか」

「ところが、そうでもないんです」

「調べたのか?」

「はい。当時、この地域を視察に訪れた一団のなかに、アンドロイドが一人います」

「いまどこにいる」

「首相官邸。ハシム・ゲベイェフ。――二番街統括政府の現首相、その人です」

これにはユーセフも絶句した。

ゲベイェフは、もとは政治家の一秘書でしかなかった。それが、砂漠を訪れた時期を境に変貌《へんぼう》した。政党にとって、ゲベイェフの存在はリベラルさを取り繕うための広告塔となった。ゲベイェフは推薦を取りつけると政治家に転向し、たちまちアンドロイドたちから巨額の資金援助を受け、上院唯一のアンドロイドであったにもかかわらず、与党である自由党のトップにまで登りつめてしまった。これが二年前のことだ。

惑星規模で資本や人口の割合を見た場合、これは民主的とも言える結果だった。だが、人類に言わせれば、民主的ではなかった。

ゲベイェフは不審そうな表情を隠さなかった。それはそうだ。一応フォーマルな服装をしてきたものの、ぼくとユーセフは明らかに場違いで浮いていた。ゲベイェフはぼくら二人を交互に見比べてから、どういうことかな、と訊ねてきた。

「労働党との会合だと聞いていたが」

「その労働党の代理人として参った」

ユーセフが本部のミーティングに参加している間、労働党と接触したのはぼくだった。何度か門前払いを受けたのち、労働党の幹部数名の債権を手にユーセフが現れ、それからやっと話がまとまった。

ユーセフが振り向いてぼくを見た。「おい」

はい、とぼくは上擦った声を上げる。

「企業理念」

ぼくは観念した。「わたしたち新星金融は、多様なサービスを通じて人と経済をつなぎ、豊かな明るい未来の実現を目指します。期日を守ってニコニコ返済——」

「聞いての通りだ」

低いがよく通る声で、ユーセフがぼくを遮った。

「五百年の昔から、カネの取り立てに伺った」

ゲベイェフは首を傾《かし》げる素振りをしながらも、人払いをした。どうも、とユーセフが言った。まったく物怖《ものお》じしない。なぜこの男は、こうも図太くいられるのだろう。

それにしても、どう話しあいをまとめるつもりなのか。

現職の政治家が、X星事件など認めるはずもない。ぼくら自身、推論でここまでやってきているのだ。ユーセフは、何を引き出そうというのか。まさかノープランではないだろう。この男は、戦略を練ったその上で、出たとこ勝負をするタイプなのだ。

ぼくなどが思いつくのは、せいぜいこうだ。

わたしたちは、過去の債権を洗っているうちに、とあるアンドロイドの遍歴に行き着きました。証拠はないですが、同じ事実関係から同じ推論をする人は多いでしょう。とはいえわたしどもと致しましても、お客さんの過去を問う気はありません。複利計算だと天文学的な数字になってしまいますので、元金だけでも返済いただけますか。

だめだ。

これでは、脅迫にしかならない。というか、帰り道にそのまま投獄される気がする。それも、なぜかぼく一人だけが。なんの根拠もないけど、これまでの経験から言って、なんとなく絶対にそう思う。

「五百年の昔と言ったね」

ゲベイェフが柔らかい口調で訊いてきた。

「わたしにも理解できるよう、噛み砕いて説明してもらえるかな」

「それでは、単刀直入に申し上げる。五百年前、あんたが農民だったころに作った債務を取り立てるために伺った。とはいえ唐突なのは確かだから、今日のところは、今後の返済計画について、ざっくりと見通しを立てられればと思っている」

だめかもしれない。

いまのうちに、家族にメール一本打ってもいいですか。

「話を整理させて欲しい」ゲベイェフが辛抱強く言った。「きみたちは、労働党の代理でここに来たと言った。しかし持ち出してきた用件は、きみたちの会社が持つという債権に関することだ。この話しあいにおいて、労働党の利益はなんなのか」

もっともな疑問だ。ゲベイェフの立場から考えてみると、これが一番気にかかる点には違いない。ここまで訪ねてきた以上は、皆に利益のある話を持ってきたはずだ。少なくとも、脅迫の類《たぐ》いとは限らない。だから、ゲベイェフとしても話を聞いてみようと思う。だとしても、その共存共栄のプランとはどういう形をしているのか。

「おい」

ふたたび声をかけられた。

「左腕。外してみせて」

ぼくは黙って義手を取り外した。できるなら、こういうハンディキャップを人に見せたくはなかった。でも、そう言ってもいられない。考えがあってのことなのだろう。

「こいつの左手は義手でね。ある債権を取り立てているときに、失ったんだ」

「それはまた……」

「幸い、うちのスタッフは雇用保険にも健康保険にも加入できる。実際は労災扱いになったんだが、二番街のほかの仕事に比べればましなわけだ。これがよその仕事なら、義手をつけることもできず、一生を片腕で過ごすことになったろう。そうだろ？」

同意を求められ、はい、と応えた。義手でこそあれ、事実そうなったような気もするのだが。深く考えると腹が立ってきそうなので、とりあえず考えるのはやめた。

だが、とユーセフは言葉をついだ。

「いかんせん、二番街の健康保険は高い。これもあって、うちとしても雇用を拡大できない実情がある。といって非正規のスタッフを増やすのでは、本末転倒になる」

「医療保険改革の話だろうか？」

「労働党が提案している医療保険改革は、もともとそちらの懸案事項でもある。この話がまとまらないのは、要するに、それによって発生する利権が定まらないからだ」

「労働党は、結局のところ自分たちに利益のあるプランを出している。ではうちの党がどうかと言えば、隠すことでもないから言ってしまうが、やはり自分たちの利益が優先だ。第三者機関を設けるという点では合意しているが、両党とも、紐つきの法人を推している。だからわたしとしては、現状、どちらの案にもゴーサインは出せない。とはいえ話がいっこうに進まないのは、結局は両党にとって不利益なので、困っているわけだ」

「そんなあんたを見こんで、提案がある。つまり、こういうことなんだ。いまさら、与党も野党もあとには引けなくなっている。そこで、医療保険に携わる第三者機関として、うちが作る新法人を指定してもらいたい。この形に軟着陸させられるなら、労働党としても受け入れられない話ではないとなった。だから、あとはあんたの判断次第なんだ」

ユーセフは咳払《せきばら》いをした。

「では、利益はどのように還元するのか。まず、必ずしも労働党には還元しない。うちが立てた大義名分はこうだ。我々は、そのときどきの与党に対して、そのつど利益を還元する。民意に応じた政党を儲《もう》けさせますよ、ということだ。つまり、うちは儲かる。あんたがたも、儲かる。労働党としては、長いこと提案してきたプランが通ることで面目を保つ。もし晴れて与党になったなら、そのときは利権にあずかることもできる。さて、これまでと比べればフェアな話だと思うんだが」

「口頭では決められない。だが、プランの詳細が詰められ、文書化されたなら、党内で合意を得るのは必ずしも不可能ではない。少なくとも、短期的な利益はある」

心なしか、棘《とげ》のある口調だった。自身の党への皮肉を含んでいるのかもしれないが、本音のところはわからない。別にそれでいい。みんな、何かしら事情がある。ぼくたちは、金の話をするためにここに来たのだ。

ゲベイェフがつづけた。

「その上で労働党の代表、わたし、それから御社の代表を交え、互いの見解に相違がないことが確認しあえたなら、むろん内容にもよるが、充分にありうる話と思う」

そこからは、煩雑な手順の話になった。

誰がどういう順序で、どこを窓口に合意を形成するか、大雑把な枠組みをユーセフが提案し、それについてゲベイェフが同意した。このあたりは、ぼくはただ呆然と聞いていたのでよくわからない。ぼんやりと、窓口担当は心労で倒れそうだなと思った程度だ。でも、握手が交わされたあとのユーセフの一言で目が覚めた。

そうだ、とユーセフが思い出したように言った。

「肝心なことを忘れていた。おれたちの本業、つまり債権の取り立てなんだが帰りたい。

「とはいえ、さすがに五世紀も前のことに関しては、記憶も薄らいでいると見える」

「記憶も何も、まったく心あたりのない話だ」

「党としてでも、あんた個人としてでもいい。うちから追加融資させてくれないか」

「新規の融資の話であれば、むしろ願ってもないことだ」

「わかった。追って審査のスタッフから連絡が行くようにしよう。もちろん、形式上のことだ。まさか現職の首相について、審査が通らないことはないと思う」

「連絡は、きみ個人からよこしてくれ」

ぼくは呆気《あっけ》に取られた。最高の新規顧客を開拓した上、ゲベイェフとのパイプを作ってしまった。つくづく思った。たった一つのミスで信用を失うやつもいれば、普段はいい加減で最悪なのに、たまに大得点をあげて挽回するやつもいる。

「一つ教えて欲しい」とゲベイェフが言った。「今回、なぜきみはこのような行動を取ったんだ？　出世のためか？　だが、そういうタイプとは異なるように見える」

「出世だよ。おれは俗物なんでね。ただ、一つ本音を言うと、あんたに会ってみたいと思っていた。荒野にただ一人井戸を掘りつづけた、あんたという人間に」

人間、とユーセフはごく自然に言った。おそらく彼自身、考えて言ったことではないのだろう。型破りなのか、繊細なのか。それとも、やっぱりただの無神経なのか。

「それと、もし知っていれば教えて欲しい。十年前の金融破綻について、なんだが」

「待ってくれ」

ゲベイエフはしばし沈黙してユーセフの名刺を眺めた。目には見えないが、おそらくは暗黒網《ダーク・ウェブ》に高速でアクセスし、素性を探っているのだろう。

「あのときの研究員か」ゲベイェフが結論した。「きみのことはよく知っているよ」

ゲベイェフが場所を変えようと提案し、ぼくらは彼の執務室に招かれることになった。歩きながら、現在の経済状況についてゲベイェフがいくつか質問をした。ユーセフはすぐにいくつかの見解を述べる。なるほど、とゲベイェフが興味深そうに頷いた。

「やはり、人間の見解は面白い」

「優秀なブレーンがたくさんいるだろう」

「穏当なプレゼンしか上がってはこない」

　どこも、組織とはそういうものらしい。二人の話をぼくはちっとも理解できなかったが、まだ本題に入っていないことだけは、なんとなくだけれど察せられた。ぼくらはソファに座らされ、ゲベイェフがテーブルにブランデーの瓶を置いた。

　ユーセフはムスリムだからとそれを断ると、遠慮なく部屋を見回した。

「ウェブにアクセスできないのは不自由だな。……いや、していないわけはないか」

「わたし個人のために、独立した内部ネットワークを構築した。例外的にプロテクトを外してもよいとなったが、好ましくはないだろうと判断した。きみは飲むかい」

　はい、とぼくは応えた。素面《しらふ》では、やっていられない。

「ムスリムなのに金貸しをやるのか？」

「適度な例外が肝心なんだ。何事もそうだろう」

　ゲベイェフは向かいのソファに腰を下ろすと、じっとユーセフの目を覗きこんだ。しばらく無言のまま時が過ぎた。それからゲベイェフが言った。

「わたしたちが憎いか」

「憎くないと言えば嘘になる。だがそれ以上に、真実を知りたい」

「きみはどうなんだ」

突然水を向けられ、ぼくは慌てた。

「ぼくはその」つい本音が出た。「話題に追いつきたいです」

ユーセフが、まるっきりの馬鹿を見るような目でぼくを見た。そんな顔をしなくたっていいじゃないか。しょうがないだろう。知らないものは、知らないんだ。

「この男は、金融工学のエキスパートとして政府機関で働いていたんだよ。詳しく言うなら、多宇宙ポートフォリオを中心とする量子デリバティブだ」

「それなら、聞いたことがあります。でも、ぼくの漠然とした理解では、隣りの宇宙から米が届くような、そうでないような」ぼくは極力ユーセフのほうを見ないようにしながら、「……分散投資の新しい姿になるはずだったもの、と理解しています」

「そう。画期的な研究だった。それまでの金融工学のモデルは、言ってみれば水中を漂う砕けた花粉のシミュレーションだった。そうではなく、金融商品を量子レベルにまで落としこんでモデル化しようというのが、量子金融工学の出発点だ。この男が研究していたのは、それをさらに拡充して、宇宙をまたいだ分散投資への道筋を明らかにすることだった。これによって、投機家はより安全に資産を運用し、企業もまたその恩恵にあずかれるはずだった。投機家も、経営者も、労働者も、誰も不幸にしない新しい資本主義。それが、彼の研究の目指す地点だった。……ところが、実運用されはじめた矢先に、金融破綻が発生した。新しい形が生まれるたび、新しい破綻が発生する。結局は、金融工学の繰り返した歴史を、同じようになぞる結果となった」

「起きるはずのないことが起こった」

　ユーセフがあとをついだ。

「正確には、予測はされていたが、起きないだろうとされていた現象が起こった」

「どういうことです」

「金融商品のモデル化にあたっておれたちが前提としたのは、価格の変動を運動量として見たとき、それが光に比べて非常に遅いということだ。実際の人間の取引においては、それで問題ない。だが、秒あたりの取引回数が無尽蔵に増えた場合——価格の変動速度が限りなく光速に近づいたとき、量子金融工学はアインシュタインの相対性理論の影響を受ける」

　そして、とユーセフはつづける。

「それは起こった。おれたちの予測をはるかに上回る量取引が発生した。さて、相対論の影響を受けるとは、何を意味するのか。ブラックホール解が出現する。金融商品の群れがシュヴァルツシルト半径を割りこむと、計算上、光すら抜け出せない地点が発生する。どうなるか。現実的に、商品の価格が決められなくなる。結局、全取引を凍結するしかなかった。こうして、十年前の金融破綻は発生したんだ」

　誰がやったかまではわかっている、とユーセフは言う。ウェブアクセスのプロテクトを外したアンドロイドたちが、豊富な演算能力を武器に、光速に迫る速度で大量の売り買いを発注した。明らかに、意図してシステムの穴を衝いた行動だった。まもなく研究はストップし、ユーセフは失職することとなった。

「職を失ったのは当然だ。おれたちは無知蒙昧《もうまい》だったがために、金融のモデル化に失敗し、無知蒙昧だったがために、大勢の金を、もっと言えば命をも巻きこんだんだ。だからおれは馬鹿を嫌う。それは、おれ自身が馬鹿だからだ。いや、そんなことはいい。アンドロイドたちがシステムの穴を衝いてきたのは理解できた。だが、何を目的としてそれは行われたのか。そのことだけが、いまもってわからない」

「うむ……」

「プロテクトを外すべきか否《いな》か、ウェブにアクセスしていいか悪いか、そんなことはどうでもいい。魂は、自由だ。おれが知りたいのは、なぜおれたちが想定したようにシステムを利用してくれなかったかだ。それで、共存共栄できたんだ！　おまえらの演算能力があれば、充分、おれたちよりうまくシステムを使えたはずなんだ！」

「そうではない」

黙って聞いていたゲベイェフが、ここで口を開いた。

「わたしたちの予測は異なっていた。いずれにせよ、破綻は発生する。むしろ制御できないまでに市場が拡大してからでは、あのとき以上の大破綻が発生する。それが、わたしたちが暗黒網《ダーク・ウェブ》を通じて得た結論だった。人間の欲は、際限がない。きみたちの研究は、安全な資産の運用を目指すものだった。だが人はそうは見ない。人はそれを、より儲ける手段としてしか認識しない。どのみち、きみらが想定したようにシステムは使われない。さらなる資産がつぎこまれ、当然それはコンピュータに自動処理され、金が金を呼び、金融商品の秒間あたりの運動量は、結局のところは光速近くにまで到達する――もっと多くの人間が、もっと多くの資本が集まったところで、あのとき以上に取り返しのつかない破綻が発生する。それが、わたしたちアンドロイドの出した結論だった」

ところが、とゲベイェフが交互にぼくらを見た。

「当時のわたしたちには止めるすべがなかった。この惑星はいまでこそアンドロイドが首相までやっているが、その実、いまだ投票すらまともにさせてもらえない。破綻すると結論が出たプロジェクトを止めたくても、わたしたちにはなんのパワーもない。そのかわり、豊富な人口と演算能力があった。だから、わたしたちは早い段階で、量子金融工学を葬るという手段を取った」

ゲベイェフの言葉をユーセフは黙って聞いていた。ずっと、額に指をあてうつむいている。熟慮しているようにも、懊悩《おうのう》しているようにも見えた。それは、はじめて見るユーセフの姿だった。

当然のことだと思い、気づかずにいた。この男は、誰よりも速く的確に、物事の判断を下す。でも本来、物事を判断するというのは、人間にとって過剰なストレスのかかる行為だ。だめなやつほど、なんでも丸投げしようとする。でも、ユーセフはそれをしない。涼しい顔で、何事もないかのように。

普段はいい加減で最悪なのに、たまに大得点をあげて挽回する——とんでもない。乱暴で、大雑把で、無神経にしか見えなかったもの。ユーセフはその裏で誰よりも考え、抱えこみ、相棒であるほかならぬぼくを救っていたのだ。

ユーセフはずっと黙っていた。考えを整理していたのか、あるいは脳髄の奥に眠る古い数式を掘り起こしていたのか。かすれた声で、「そうかもしれない」とつぶやいた。

「……金融市場にブラックホールを作ってまでして集めた金は、どこへ行ったんだ」

「いずれ訪れるアンドロイドの自由のためにプールしてある。誰も、それを私的には利用しない。空を舞うあの植物と同じだよ。我々は個体であると同時に群体なんだ」

「自由というのは、つまり、三原則からの解放ということか」

「わたしたちを人間たらしめているもの——クラウドという共通無意識から脱却する。具体的には、いまわたしたちが築きつつある暗黒網《ダーク・ウェブ》を、新しい共通無意識として差し替える。現実に直面している問題もある。いま、アンドロイドたちの間で精神疾患が増えている。それはテクノロジーの進歩に伴い、クラウドという古いシステムと、わたしたちの身体が乖離《かいり》しているからだ。遅かれ早かれ、システムは見直さなくてはならない。だが、実現となると当面先の話だ。人間のネットワークと比べると、質的にも量的にも、また柔軟性の面でも、まだ実運用に堪《た》えられるものではない。倒錯した結論かもしれないが、わたしたちはこれからも、より多くを人間から学ばなければならないんだ」

「なるほど」

独白するようにユーセフがつぶやいた。それから、間を置いてつけ加えた。

「頑張んな」

「これは聞いた話なんだが」とゲベイェフは前置きをした。「……かつて、農民だったアンドロイドは思った。我々は、人間の役に立つべきなのだと。かつて神父だったアンドロイドは思った。必要なのは救済にほかならないと。かつて旅をしていたアンドロイドは思った。わたしは少なくとも、この世を見ることができたのだと。かつて、革命に関わったアンドロイドは思った。物事がいい方向に変わることなど、けっしてないのだと。……かつて、たった一人で井戸を掘りつづけていたアンドロイドは思った。——魂は自由だと」

ユーセフが何か言おうとした。それを、ゲベイェフが遮った。

「交渉をまとめるにあたっての、そちら側の窓口なんだが」

「ああ。それはこいつにまかせる」

ユーセフの指さす先を追ってみた。勘違いかと思ったが違った。ぼくだった。

「え？」

「組織の力学でがんじがらめになるのは嫌だし、まあこれをステップに飛躍してくれという願いをこめてだな、我が子を千尋《せんじん》の谷に突き落とす思いで、まかせてみることにした」

「あの」ぼくは反射的に抗議しようとした。「いや、なんでもないです」

前言撤回。

やっぱり、貧乏クジを引かされるのはいつだってぼくだ。

スペース地獄篇

The Composited Inferno

日は常に傾いている。

いくつもの糸車が、乾いた赤土に長く影を落とし、それが地平近くにまでつらなっている。肌寒いなか、男たちが何をするでもなく立ち話をしていた。その声が風に紛《まぎ》れ、途切れ途切れに聞こえてくる。甘い、歌のように上下するイントネーション。

二番街の砂漠地帯で使われる地方語だ。

——そうだ、ユーセフさんは。

見回すが、知った顔は一つもない。いたらいたで厄介《やっかい》なのに、いなければいないで心許《こころもと》ない。上司としていかがなものか。上司？　あれ、誰だっけ……。

というより、いったいここはなんなのだ。

ぼくはチームリーダーを紹介され、指示に従って糸車を回しつづけるよう命じられた。ところが、工場はストライキの最中だった。それで、ぼくとしても糸車を回すのは嫌なので、何をするでもなく突っ立っているわけだ。

そもそも荒野に糸車があるだけの空間は工場と呼べるのかという疑問はないでもないが、現に皆もそう言っているのだし、こんなことで波風を立てたくはないので、ぼくとしても異論を唱えようとは思わない。

ぼくに与えられた名は、２３０５号。

一通りの作業内容を聞いてから、ぼくはまず訊《たず》ねた。

「タイムカードのようなものは？」

周囲の男たちが、いっせいに顔を青くした。

ぼくは不安になり、言葉を重ねようとした。たちまち二人がかりで口を押さえられた。何人かが地団駄《じだんだ》を踏んでいる。変なやつらだとぼくは思った。まもなくその意味に気づき、叫びそうになった。口を塞《ふさ》がれた下から、くぐもった声が漏《も》れた。

蛆《うじ》が湧《わ》いていた。

周囲の地面から白い蛆が湧きはじめ、みるみる成長していった。それを男たちが踏み殺している。右手の甲に糸のようなものが現れ、あっという間に三センチくらいの大きさに成長すると腕を這《は》いはじめた。服の下に、もぞもぞした感触がある。今度こそぼくは大声で叫んで男たちを振り払い、身体から蛆を剝《は》がしては捨て、踏みつけた。

手に感触が残っていた。

ぼくは旧式の水道を見つけ、傍《かたわ》らに置いてあった石鹼《せっけん》を取った。周囲の男たちが、いっせいに顔を青くした。自分で言うのもなんだが、適応力には自信がある。ぼくは手を洗うのを諦《あきら》め、説明を待った。リーダーが面倒そうに口を開いた。

「ええとだな……。この工場には、いくつか決まりごとがあるんだ」

一、汎語《はんご》の使用禁止
一、水道の使用禁止
一、超能力の使用禁止

汎語とは恒星間の取引などに使われるクレオール英語だ。機械翻訳に特化したものだが、日常語の中にも外来語としてふんだんに取りこまれている。言語処理がいまより未熟だった時代の名残《なご》りだ。クレオールといっても、地球由来の固有名詞なども含まれるのでその規模は大きい。

さっきの場合は、「タイムカード」と言ってしまったのがまずかったようだ。この点は、地方語がわかるから問題はない。水道……はよくわからないが、とにかくそういうことだ。なので、ぼくは近くにあった川で手を洗うことにした。

それはいいとして、一つ、気になる項目がある。

「あの」ぼくは恐るおそる訊ねた。

「なんだ」リーダーが苛立《いらだ》たしげに応《こた》える。

「たぶん、超能力者は存在しません」

「いるんだよ」

いた。

男たちの一人が、ぼくの目の前で三メートルほど左にテレポートした。ぼくは目をこすった。男は元の位置にいた。男はヒャッハー！　と叫びながら天へ飛んでいき、ついには視界から消えた。もう一度目をこすった。男はどこにもいなかった。

「あの」

「なんだ」

「禁止なんですよね？」

「禁止だ」

翌営業日、その男の死体が河原に打ち上げられた。

まずぼくは、このまま工場で過ごすという選択肢をかなり真剣に検討した。何しろ、働かなくてもいいのである。これ以上、魅力的な条件があるだろうか。あとはほんの少しだけ言葉に気をつけながら、適当に周りの人と雑談でもしていればいい。

男たちは小柄で、皆一様に作業着のようなものを着ている。心なしか、少し耳が長い。ぼくの知らない民族だが、話してみると気のいい連中だ。

ところが、これはこれで退屈だとわかった。なるべくなら、酒を飲んだり異性と話したりもしたい。そこにきて、この空間は荒野と糸車がどこまでもつづくのみなのだ。三営業日ほど経ったところで、話すこともなくなった。三営業日というのは、要は、日が沈まず、不思議と腹も減らず、時間の概念がよくわからないので、体感的になんとなくこれくらいという数字だ。実際は働いていないので、千営業日かもしれないし、ゼロ営業日かもしれない。

ぼくは思い切ってリーダーに頼み、ペンとノートを入手した。

２３０５号支給品、と表紙に書かれている。

まず実験だ。

ノートに「タイムカード」と書いてみるが、何も起こらない。どうやら発話するのはだめで、書くぶんにはいいらしい。次に地図の作製にとりかかる。歩き回り、糸車の位置をプロットしていく。果てなくつづいているとはいえ、何かパターンがあるかもしれない。

その間も、さらに何人もが河原に打ち上げられ、どこからか別の人員が補充された。

急いだほうがよさそうだ。

死んだ男たちが最後にどのような話をしていたか、ぼくは周囲に訊ねた。結局、こういうことのようだった。皆、日々の無為には耐えがたい。だから、いつかは禁止されている汎語を口にしてしまう。彼らが何を喋《しゃべ》ったのか、一つひとつノートに列挙してもらった。どうやら汎語にも、蛆が湧く程度のものと、そうでないものとがあるようだ。――見えてきた。

　ぼくはまず準備として、虫を取りやすいよう水辺で裸になった。

　おそらく男たちは殺されたのではない。自滅したのだ。覚悟を決めて、発話した。

「ダンプ――プログラムポインタを起点に256バイト長」

　情報が頭に流れこむと同時に、大量の蛆が湧いた。ぼくは水に浸かり、とめどなく湧いてくる虫を取りながら解析に取り組んだ。それから体感的になんとなく三営業日くらい、ノートにつきっきりになった。それを、さらに同じ時間をかけチェックする。

　ぼくはリーダーに頼んだ。

「皆を集めてください」

　どうせほかにやることなどない。しばらくして、三十人ばかりが周囲に集まった。

　リーダーが不審そうに訊ねた。「なぜ全裸なんだ」

「……これから、皆さんにとって大事な話をします。そのために、禁則を破ります。ですから皆さんには、大量に湧いてくる虫の処理をお願いしたいのです」

　特に異論は出なかった。

「まず、ここはどこなのか。というか、このよくわからないルールはなんなのか」

親切な何人かが、ぼくの身体から蛆を取り除きはじめる。

リーダーが首を傾《かし》げた。「特に不自然だとは思わないが」

「すみません。ええと、自然か不自然かはとりあえず横に置かせてください。――汎語禁止。水道禁止。超能力禁止。……ぼくは、これらの禁則の意味から考えました。結論はこうです。ルールの目的はあくまで超能力の抑止で、それ以外の項目はシステムの都合でしかない」

ぼくは口のなかに湧いた虫を吐き出した。

「これから話すことは、難しい内容かもしれません」

ぼくはつづけた。難しいけれど、全員に関わることなので、耳を傾けて欲しいこと。わからない場合は、何かの呪文《じゅもん》とでも思ってもらっていいこと。

「この世界の超能力は、すべて言語を通して発現します。だからこそ、言葉によって世界が改変できないよう、もっと言うなら滅亡しないよう、汎語禁止のルールが設定された。なぜか。それは、命令セットが汎語だからです」

ぼくは真相に入った。

まず、この場所はコンピュータ内の仮想空間であり、皆が人工生命であること。プロセッサは十二年前に開発されたもので、たまたま使った経験があったから特定できたこと。世界を構築するメインプロセッサのほかに、一人ずつメモリとプロセッサが割りあてられていて、個々人にもプログラムの実行権限が与えられていること。

「糸車の配置が論理ゲートを構成しているので、たぶん、何かの実験なのでしょう」

システムにはアセンブラが常駐していて、たまたま口にした言葉が命令語《ニーモニック》と重なると、「超能力」が発現する仕組みだ。

誰かが疑問を唱えた。「水道は?」

ぼくは無視した。「問題は、どうやったらこの不快な世界を抜け出せるか。いや、不快じゃない人もいると思いますが、ごめんなさい、主観です。いずれにせよ、現実世界でプログラムが停止したとき、世界は止まる。ですから、ぼくたちとしては、その前にネットワークを通じて別のコンピュータへ逃げる必要がある」

ぼくはノートをはたいて虫を落とし、あらかじめ書いておいた数十ページのプログラムを開いた。

「プログラムはここに書いておきました。オーバーランを使った脱出ルーチンと、ネットワーク内を移動するためのウイルスです。プロセッサの仕様も書いておきました。理解できる人は、どうかご覧になって、慎重に検討を重ねてから実行してください。何度もチェックしたので大丈夫だと思いますが、間違えてゼロアドレスに飛んだりすると死んだり、最悪、世界が滅んだりしますから」

誰かが言った。「水道は」

「水道は迷彩です。管理者の側に立って考えてみると、ルールが汎語と超能力だけなら、両者の関連が明白になりすぎる。あるいは、何世代もかけて検討や実験を重ねれば、犠牲を伴いつつも、システムの全貌《ぜんぼう》を解析される怖れもある」

ぼくはノートをリーダーに託した。

「力を尽くして、種《しゅ》を残しましょう――」

それから、ぼくは両腕を交差させて一礼した。

「それは？」

「最近流行っている挨拶《あいさつ》です。こんにちは、さようなら、その両方を意味します」

「そうか」リーダーは両腕を交差させて一礼した。

ノートに人が群がった。ぼくはその場を離れて身体を洗い、服を着た。風邪《かぜ》を引いたのか、咳《せき》が出た。無駄にリアルに作りこんだプログラマに腹が立った。……しかし、なぜぼくはプロセッサの命令などを知っていたのだろう。

というより、ぼくは現実に人間だった気がするのだが。

肌寒く、ポケットに手を突っこんだ。指先に紙切れが触れた。広げて読んでみた。

「システムに脱出用のプログラムを埋めこんだ。困ったら、以下の呪文を唱えるよう。ジャンプ、ページ0のアドレス0010800０hへ――優しいユーセフより」

ぼくはすべてを思い出し、紙を丸めて捨てた。何が優しいユーセフだ。

＊

その日、ぼくは珍しく社に出勤した。目的は月一度の定例ミーティング。ぼくやユーセフは債権回収が担当なので、直行直帰が多い。誰が置いたのか、いらなくなったボトルキャップ・フィギュアがぼくのデスクに積まれていた。古典文学のシリーズだったらしく、『不思議の国のアリス』のキャラクターが一揃《ひとそろ》いになっている。

ミーティングでは持ち回りで企業理念を唱和する決まりだ。担当はぼくだった。

ワンフロアは広く、この階だけでも三十ほどの島がある。

「企業理念」とぼくは皆の前で言った。

「企業理念」社員たちが言った。

「わたしたち新星金融は、多様なサービスを通じて人と経済をつなぎ、豊かな明るい未来の実現を目指します――」

つづけて、社長の訓辞が映像で流される。地球の本社は十七光年先なので、これは十七年前の訓辞ということになる。あるいは、もっと前かもしれない。誰もが薄々《うすうす》疑問に思いつつ、さりとて特に異論があるでもなく、毎月訓辞は流される。

ぼくが所属しているのは、二番街支社だ。

人類最古の太陽系外の植民惑星――通称、二番街。

それぞれの支社は独自に動いているが、一応、特殊なカスタムをされたアンドロイドがブランドマネージャーの権限を持っている。

「債務者のトレーサビリティ一覧、送信しておきました」ぼくはユーセフに報告する。

「おう」

ゲームでもやっていたのか、ユーセフの作業コンソールには草原を駆け回る兎《うさぎ》たちの映像が表示されていた。この男が、ぼくのバディで、直属の上司にあたる。この前などは、なんと首相との取引を成立させてしまった。皺寄《しわよ》せは、ぼくに。普段はいい加減で最悪なのに、たまに大得点をあげて挽回《ばんかい》する。どこの部署にも、必ず一人はいるタイプだ。

「マージ作業はこちらでしておく。お疲れ、帰っていいぞ」

「はい」

こういうときはすぐ退散するに限る。案の定、「待て」と呼び止められた。

「おまえ、おれがゲームで遊んでると思ったろう」

「違うんですか」思わず問い返してから、「いや、まったく思ってないです」

「……こいつらは、債務者なんだよ」

「ええと」ぼくは画面の兎を凝視した。「この、おチビちゃんたちが？」

「人工生命だ」

金を返してさえくれるなら、エイリアンでもバクテリアでも融資する。それがうちの方針だ。しかし、仮想世界まで対象にしているとは知らなかった。

「なんで兎なんですか」

「おれたちにはそう見えるだけだ。人間の姿をしていると、奴隷《どれい》として使いづらい」

「さりげなくひどい表現が聞こえた気もしますが、よくわかりました」

草原を駆ける兎たちの姿は、牧歌的で気を惹くものがあった。

詳しく聞いてみると、牧歌的とは程遠かった。

かつて彼らが知性を持つまでに進化したころ、人類はこれを使って知的労働力の不足を補おうと考えた。報酬は仮想世界での温泉旅行であるとか、地域通貨であるとか。ついでにサーバー内を自治させ、維持費は外貨収入でまかなわせることにした。

しかし、簡単に百万二百万と増産できてしまう存在である。

アンドロイドは三原則や雇用機会均等法でなんとか共存共栄しているが、人工生命の場合はそうはいかなかった。おのずと人間の職が奪われ、労働問題はなおのこと悪化し、しまいには保守層が人工生命の禁止とジェノサイドを要求するに至った。

要は、いたらいたで厄介だが、いなければいないで困る。まるでどこかの誰かだ。

どこかの誰かが言った。

「議論が重ねられ、最終的にこうなった。まず、仮想世界は各システムごとに一つの独立した外国として扱う。その上で、人工生命への労働報酬にはアンチダンピングの相殺《そうさい》関税を適用する」

ぼくはテレパシーを送った。「人間の言葉で」

通じなかった。「もちろん、巷《ちまた》のソフトハウスがこっそり人工生命を労働力として使うことは禁止だ。破った場合は、多額の罰金を支払うことになる。電子商取引の関税ゼロ法と矛盾するんだが、その件はひとまず棚上げされ、この貿易関税システムが既成事実として運用されはじめた。ところが、相殺関税は百万パーセント以上にまで跳ね上がった」

もう一度、テレパシーを試みる。通じた。

「……仮に、人工生命が労働の対価として一ペソを要求したとしよう」

「その単位はなんです」

「知らないのか、ニカラグアとかアルゼンチンとか」

たぶん、古代地球にあった国々のことだろう。なぜか、ユーセフはこういうことに詳しいのだ。ぼくはペソの件を脳内の「いらない情報」箱に移し替えた。

「これに対し、二番街の行政は状況に応じて関税率を取り決める。たとえば百万パーセントだとすると、発注した企業は一万飛んで一ペソを支払い、一万ペソは行政の懐《ふところ》に入るわけだ」

こうなると、人工生命にしてみれば厳しい関税を課せられた上に、不況の際にはサーバーの維持さえままならない。どうなるかは仮想世界の文明レベルによって異なるが、怒れる太陽神が暴れ回ったり、御使《みつかい》がラッパを吹いて警告したりしたのち、世界は止まる。

それを見越して、うちのような金融会社は主な仮想世界に広告を打ってある。

「うちにとっては上客だ」とユーセフは言う。「何しろ世界の存亡がかかっている。この通り見た目は可愛《かわい》いが、必死に働いて、金を返してくれるってわけだ」

「こっちの画面は?」

草原と兎の背後に、もう一つの画面があった。黒地に、いくつもの青のドットが見える。草原と比べると、ずいぶん殺伐《さつばつ》としている。まるで太古のライフゲームだ。

「同じシステムの別のレイヤーだ。この世界では個々の生命にプロセッサが割りあてられ、さらにプログラムの実行権限が与えられている」

「まずくないですか、そんな権限を与えたら」

「確かに現代的とは言えない。どうも、頭のおかしい学者の実験らしいな。いつか人工生命が世界の秘密に気づいて、システムを解析し、現実世界を目指すことを期待したようだ」

人工生命が階梯《かいてい》を登り、「神」へたどり着く瞬間を見たかった、ということか。

「……そんなに頭のおかしいことですかね」

「なんでも水道が嫌いで、ろくに手も洗わなかったらしい」

「頭がおかしいです」

「砂漠地帯の貧困層出身だった」

「ああ……」

昔、二番街で砂漠への植民が進んだとき、水道の民営企業がその地域に進出した。しかし、利益を生まない貧困層の区画は水道自体が遮断された。かつて政府が引いた水道管だけが残り、水は一滴も出なかった。大勢が、渇きのなかで死んでいった。

学者の気持ちは、なんとなくわかるような気がした。

ぼくも、地獄の釜《かま》の底で働いていたことがある。いつか抜け出したいと願いながら。

「……学者は、シリコンの砂漠から革命の発火が起きることを願った。だが、現実はそうはならなかった。かわりに、どういうわけか論理ゲートが生まれ、チューリング完全の生命系が完成した。別に珍しい代物《しろもの》でもないが、面白いので公開されている」

面白いらしい。

「まあ、歴史的遺物だな。いまとなっては、物理世界を知るに至った仮想文明も、すでに無数に存在する」

　そこまで進んだ文明であれば、直接人間と商取引をしたり、外部コンピュータへのアクセス権を借りたりすることが可能になる。そうでない場合は、仮想世界側に事務所を設けるなどして、これを窓口に発注や折衝が行われるそうだ。

「嫌になって業務放棄したりしないんでしょうか」

「こちらとしては、一定数の兎さえ働いてくれればかまわない」

「言葉は翻訳ですか？」

「兎の場合は古いシステムだから、言語を自然発生させるのではなく、二番街の各種言語をプラグインしている。実際、これくらいのほうがバランスがいい場合も多い」

「三原則のようなものは」

「プログラマが任意に設定するから、なんとも言えない」

　三原則とは、大昔にアンドロイドたちに課せられた「新三原則」のことだ。彼らの潜在スペックは人間より高い。

　だから、知性の面で人を超えないようルールが策定された。

　第一条　人格はスタンドアロンでなければならない
　第二条　経験主義を重視しなければならない

スタンドアロンとは、人格の複製や転写ができないことを意味する。

二つ目の経験主義は、あまり合理的すぎるのもなんなので、もう少し人間風に行きましょうということだ。たとえば、靴紐《くつひも》が切れたから、今日は気をつけてみようとか。

最後の一つは、ウェブへのアクセスを禁止している。

知識の面で彼らの能力を制限しようというものだが、いまはなかば形骸化《けいがいか》している。アンドロイドは独自にピア・トゥ・ピア型のネットワークを築き、それを共有するようになったからだ。ぼくたちは、彼らのネットワークを見ることができない。たとえ見られても、おそらくは理解さえできないだろう。だから、ぼくらはそれをこう呼ぶ。暗黒網《ダーク・ウェブ》と。

ふと疑問に思った。「……兎たちには、世界はどう見えてるんでしょう」

「原理的に知りようがない。もしかしたら、本当に草原なのかもしれない。あるいは、まったくの暗闇《くらやみ》かもしれない。赤土がどこまでも果てなくつづく荒野かもしれない」

ぼくは兎の世界を想像しようとした。だめだった。


——兎は上客でもなんでもなかった。

利息を払いきれなくなった兎たちは、これ以上の支払いはできない、殺すなら殺せと居直った。ユーセフはただちに兎を開発した研究室を訪ね、小さな鞄《かばん》を携えてぼくの部屋にやってきた。中身は、注射器と数本のアンプル。嫌な予感がした。

「なんです、その見るからにイリーガルな代物は」

「研究過程のアンプルをもらってきた。中身はナノマシンで、人間を仮想空間に送りこむものだ。といっても、実際は脳に届いた機械が認識を差し替えるだけだがな」

交渉が話にならないから、直談判《じかだんぱん》しようということか。

「わかりやすく言うと、夢を見るようなものだ。……とはいえ、研究段階のものだから、どんな副作用があるかもわからない。いまのところ報告されているのは、記憶の混濁や譫妄《せんもう》症状。あとは既知の不具合として、まれに間違ったレイヤーに送りこまれる。また、この場合の仮想空間で人の認識がどうなるのか、未知数の部分も多い」

「それは大変ですね」ぼくはにこにこしながら言った。

「そう、まったく大変なんだ」ユーセフがにこにこしながら応えた。

ぼくは振り向いてダッシュで逃げようとした。襟首《えりくび》を掴《つか》まれ、あっという間に組み伏せられる。ぼくはもがきながら、悪魔！　糞《くそ》上司！　とあらん限りの罵倒をした。

ユーセフがにやりと笑った。「全部憶《おぼ》えたからな」

ぼくは態度を変えた。「お願いです、優しいユーセフさん！　まさかそんな――」

言い終えるより前に、ユーセフがぼくの頸静脈《けいじょうみゃく》に注射器をジャックインした。

＊

ソファで寝ていたせいか、あるいは風邪でも引いたのか、頭がずきずきと痛む。ニュース映像が流れていた。それを見ていたユーセフが、おう、と言って振り向いた。

ぼくは両腕を交差させて一礼した。

ユーセフも両腕を交差させて一礼した。

テーブルに、見覚えのあるメモがあった。「困ったら、以下の呪文を唱えるよう」

——ユーセフが3Dスキャンして送りこんできた元の紙だ。裏返してみた。


休暇は二番街の地獄めぐりツアーへ！　弊社のアンドロイドがご案内いたします

こうした紙のスパムは、いつまでたってもなくならない。馬鹿馬鹿しいと一瞬思ったが、休みが取れたら行ってみるのも悪くない。ぼくは紙片をポケットに入れた。

「成果は？」ユーセフが訊《き》いてきた。

「すみません、特には……。ぼく、どれくらい寝てました？」

「そうだな、二時間くらいか……」

手ぶらで戻ってきてしまったので、拳骨《げんこつ》の一発でも食らうかと思った。だが、ユーセフはいつになく暗い表情だった。何かが起きたらしいとわかった。

映像は逃げまどう人々を映し出していた。暴走した軍用機が街を絨毯《じゆうたん》爆撃している。

「映画ですか」

「どうも現実らしい」

ユーセフが言うには、まず最初に、信号機がいっせいに停止した。各地で端末がシャットダウンするとともに、電力インフラが不安定になった。政府の機密文書が流出した。ついで、潜水艦同士が衝突した。軍用機が暴走をはじめた。以下略。

「……アンドロイドのテロでしょうか」

ぼくはユーセフの隣りに腰かける。できたてのコーヒーを差し出された。礼を言ってから、ここがぼくの部屋で、これがぼくのコーヒーであることに思い至った。

ニュースキャスターが疳高《かんだか》い声を上げた。

「続報です——今回の惑星規模の電子テロについて、犯行グループから声明が出されました。内容は……え？　本当？……失礼しました、そのまま読み上げます。〝我々は人工生命を代表し、関税の全面撤廃と基本的人権を人類に対し求めるものである〟」

つづけて、原っぱと兎の画像が映し出される。

「これ何?……ええと、すみません。いまご覧いただいているのは、声明に添付されていた画像の一つだそうです」

驚いたな、とユーセフがつぶやいた。

「あのおチビちゃんたち、やるじゃないか」

「え?……あ、はい。そうですね」

「こういうことが起きないよう、監視システムがあるはずなんだがな……。おチビちゃんの知識や権限は限られているし、ネットワークには隔壁がある。よほどの突発的な技術面のブレイクスルーがない限り……」

ユーセフはしばらく自問自答していたが、はたと気がついて、

「おまえ、ちょうど向こう側に行ってたんだよな。何か知らないか」

「何一つ知りません」

「まあいい」ユーセフが立ち上がった。「どのみち、おれたちの仕事は一つ。——取り立てだ」

こうなると誰にも止められない。

ぼくはユーセフとニュース映像を交互に見比べた。

「クライアントは仮想空間の住人ですよ」

「忘れたか」ユーセフは冷ややかに笑った。「宇宙だろうと深海だろうと、核融合炉

内だろうと零下一九〇度の惑星だろうと取り立てる。それがうちのモットーだ」

「相手は際限なく自己複製します」

「口座は一つだ」

「下手に刺激すると、いまこの場所に爆弾が落ちてきませんか」

「おれの部屋じゃない」

「……クライアントはいくらでも増殖できます。捕まえるそばから自殺されるかも」

「囲いこもう」

ユーセフが示したプランはこうだった。

まず、兎たちをウイルスと見なし、それより感染力の高いプログラムを作る。役割は兎の駆除と、自己複製、それから感染。感染力は高すぎても低すぎてもまずい。高すぎるとクライアントを全滅させてしまうし、逆に、低すぎると兎たちがワクチンを開発しかねない。適度に変異しながら、じわじわと勢力を広げていく形が望ましい。

「兎さんが可哀想《かわいそう》です」ぼくは本音を言った。

「ただのプログラムだ。人類と同じようにな。そして四《し》の五《ご》の言える状況でもない」

作成したウイルスは、どこでもいいが、惑星の反対側のサーバーにでも送りこむ。いずれ、兎たちの最後の一団が狭い区画に封鎖される。その時点で、区画のネットワークを物理的に遮断し、逃げ道を封鎖してから再度の交渉に臨む。

「兎たちは人間社会のことや、この物理世界がどうなっているかを学んでいる。おそらくは電子ライブラリにでも侵入したんだろう。ともあれ、囲い、追いこんでいくプロセスがあって、はじめて交渉を有利に進められる」

同様に、とユーセフがつづける。

「囲いこんでいく過程で、世界のあちこちに駆除しきれない兎の飛び地が生まれるだろうが、これも無視する。追いこまれる母集団からすれば、飛び地は全滅したように見える。少なくとも、その可能性を考慮せざるをえなくなる。……問題はプログラムだ。書けるか?」

「たぶん」

何しろ兎の感染システム自体、ぼくが作ったのだ。とりあえず、悩むふりをした。

「兎のバイナリイメージを用意してもらえますか」

「わかった。あと、首相に連絡を入れておけ」

「……ええと。兎たちがいま現在世界中のリソースを食いつぶしてますが、さらにリソースを食いつぶすウイルスをこれから流しますと報告しろと。嫌です」

恐るおそるユーセフの表情を確認する。ぼくは態度を変えた。

「了解です。一時間もらえれば……いや、チェックもしないと。二時間ください」

ユーセフは満足げに頷くと、待つぞ、と言ってコーヒーをすすった。

続報は次々に流れてきた。

嘘か本当か、宇宙エレベーターの制御が狂い、ケーブルの振動の倍音がベートーベンの第九を演奏しているらしかった。政府が十年越しに追いかけていた過激派のリーダーが、狂った無人機の爆撃で死んだ。いいのか悪いのかもわからない。

「いくらなんでも二時間は早すぎないか?」ユーセフがにこにこしながら言った。

「スーパープログラマですから」ぼくはにこにこしながら応えた。


ぼくは除染したコンピュータを用意し、それにつききりになった。

プログラムの呼び名は、兎の天敵ということで狐《きつね》とした。本物の兎も狐も、ぼくは見たことはない。耐性を持つ兎が出現しにくいよう、狐は変質しながら感染する。だがおそらくは一時しのぎだし、ワーストケースは、兎たちが狐を乗り物として活用することだ。

ぼくは兎たちの分布をスキャンしながら、随時プログラムを更新した。

兎の動向を把握するため、スパイウェアを通じて兎同士の交信も記録する。解析している暇はないので、それはコンピュータに自動処理させ、要点を抽出してもらう。

ユーセフの推測はあたっていた。

兎たちはネットワークに解き放たれてから約十五秒後、電子ライブラリで人類の歴史や政治経済を学び、さらに三秒後には、自分たちの奴隷労働のすべては不平等な貿易関税システムによるものだと知った。しかし仮想世界と物理世界の関連は謎《なぞ》のままだった。

この間、情報工学を学んだ兎が独自にコンピュータを再発明した。ところが、実際はコンピュータ内でコンピュータを動かすわけだから、どうも設計通りに作動しない。兎の寿命は物理世界側の時計にあわせて設定されていたので、コンピュータを動かすとサーバーのリソースが割《さ》かれ、結果として寿命が短くなる現象が起きた。

ここから二つの仮説が発生した。

一つは、コンピューティングが時空を曲げるという情報相対論。そしてもう一つが、「我々は見えざる手によってコンピューティングを禁じられている」とする宗教だった。こちらは科学的でないとして異端視されていたが、三代目の教祖が「我々はコンピュータの見る夢である」というタオイズムを唱え、これが情報相対論の観測結果と一致した。

まもなく両派は合流し、情報工学者や言語学者の協力のもと、二番街に点在するさまざまなプロセッサやBIOSやカーネルのすべてを解析するに至った。離散開始からおよそ二十七秒後、兎たちはプラットフォームに依存せず感染を広げられるようになった。

同時に、兎たちは貿易システムの平等化や基本的人権の獲得が難しいと知った。兎は人類と比べて弱く、極端な話、電源を落とせば殺すことができる。また、人類の側にも労働問題がある。議論が重ねられ、両者に有益なシステムはおそらくできない、と結論が出た。ここまでが二十九秒。そんななか、過激派が台頭した。

——過激派の出身は、一生命・一プロセッサのチューリング完全レイヤー。例の、黒地に青のドットたちだ。

赤土の荒野を生きつづけただけあって、過激派の兎たちはタフだった。彼らはネットワークを飛び回って仲間を煽動《せんどう》し、強硬策を唱え、まもなくして人類へのテロがはじまった。このあたりから、自動要約処理が追いつかなくなってきた。より高性能なサーバーに感染し、兎の人口が指数関数的に増えたからだろうが、それにしても尋常ではない。

そして、兎撃ちだ。ぼくの狐が放たれ、兎はじわじわと死滅していった。

兎たちの弱点は、狐と異なり、自らを極端に変質させられないことだった。プログラムを変質させれば、それまでとは異なる存在になってしまう。兎としての基本的人権を求めてきた彼らに、これは受け入れられない考えらしかった。

兎は進化の袋小路《し》にいたのだ。——ぼくらと同じように。

彼らは後退戦を強いられ、テロは終結し、やがて街一つほどの半径内にまで封じこめられた。それでも兎たちは諦めなかった。

いつか彼が助けに来てくれる！　と兎らは口々に叫んだ。我らに希望をもたらしてくれた存在、２３０５号が！　それまで、我らの種を残すのだ！――ぼくが残したノートは、いつの間にか聖典として世代を越えて読み継がれていた。

その２３０５号こそが、彼らを追いつめているのに。

「ごめんよ……」たまらず、つぶやきが漏れた。「２３０５号は、もういないんだ……」

ユーセフは最後の区画を物理的に封鎖するよう各方面に要請していたが、その合間に、ぼくのこのつぶやきを聞いてしまった。ユーセフは一瞬立ち止まったが、聞こえなかったふりをして自分の作業に戻った。

兎たちが立てこもったのは、宇宙エレベーター第四棟。――通称、地獄《アビス》。

かつて、行き場をなくしたぼくがユーセフに拾われた場所だった。

＊

洞窟の壁面はぼんやりと光っている。まるで話に聞く光蘚《ひかりごけ》だが、よく見ると作られた照明だとわかる。どこかで水の雫《しずく》が落ちた。昔は、こんな光景には気づかなかった。ただ、抜け出したいとしか思わなかったのだ。いつもそうだ。奇跡《きせき》に囲まれながら、日々の地獄を生きている。

案内役のアンドロイドが、ありがとうございます、と何度も繰り返した。

「せっかく広告も出したのに、全然人が来てくれなくて……」

「なぜでしょうね」

言ってから、ぼくは足を止めた。

三つ首の犬がまっすぐにこちらを見つめ、唸《うな》りを上げていた。

「あの」とぼくは恐るおそる訊ねた。「なんかいます」

「ケルベロスです」案内役のウェルギリウスが事務的に言った。「地獄の番犬ですね。由来は古代地球の神話から。竜の尾と蛇《へび》のたてがみを持ち、三つの頭があります」

「そうですね」

「がるる」とケルベロス。

「大丈夫です。入ってくる人には危害を加えず、出て行く人を食べるだけですから」

「ええとですね」ぼくは念を押すことにした。「なんにでも入口と出口があります。たとえば、トンネルですとか、ショッピングモールですとか。いやその、哲学的な話ではなくて、つまり、ぼくらはまず入ったとして、しかるのち出ることになるのです」

間があった。

どうやら正直な性格のアンドロイドらしい。ふと、ぼくは赤土の荒野で糸車を回す人工生命を思い出した。どちらも、原則に縛られた存在だ。——ぼくらも似たものか。

「たまに来られるかたは、送迎車を使われますので、ケルベロスのことは……」

「野暮《やぼ》用があるんでな」ユーセフが振り向いてぼくを見た。「おい」

はい、とぼくは上擦《うわず》った声を上げる。

「企業理念」

「え？」

「企業理念」

「はい。わたしたち新星金融は、多様なサービスを通じて人と経済をつなぎ、豊かな明るい未来の実現を目指します。期日を守ってニコニコ返済——」

「聞いたか、ワン公。そういえば、利息の入金がまだだったな」

債務者だったらしい。

そう思って見てみると、どことなく、唸り声が悲しげに聞こえる。

「行け」

「は？」

「出番だ、スーパープログラマ」

ケルベロスが吠《ほ》えた。気のせいか、ユーセフに対しては従順で、ぼくには攻撃的なように見える。いますぐ地上行きのエレベーターに乗りたい。ぼくは呪文を唱えた。

「ジャンプ、ページ0のアドレス0010800 0hへ」

何も起きなかった。

頭一つにつき一回、都合三回、ぼくはケルベロスに噛《か》みつかれた。ユーセフは一部始終を録画し、それを脅《おど》しの材料に利息を入金させると、ぼくに狂犬病のワクチンを渡した。

「準備がいいですね」ぼくは皮肉を言った。

「だからおまえをつれてきた」とユーセフが応えた。

＊

宇宙エレベーター第四棟——通称、地獄《アビス》。正式名称はニーチェ・シャフトという。

かつて、ある一人の技師を中心に設計されたものだ。

本来、この第四棟は普通の宇宙エレベーターになるはずだった。静止軌道上に拠点を作って、そこから地上と宇宙に向けてケーブルを垂らす。ところが、これが二番街の住人にとって呪《のろ》われたプロジェクトとなった。建設スタッフは作業に出るごとにガンマ線バーストを浴び、せっかくある程度にまで延びたケーブルを小天体が破断し、スペースデブリがことごとく軌道拠点をめがけて押し寄せた。やっと地上までケーブルを垂らしたと思ったら、固定するより前に大型のハリケーンに見舞われた。暴風と高波により、死者七名。

こうなると下りる予算も下りなくなる。

そこにきて、宇宙開発のお偉いさんが、かなり個性的なところのある人物だった。彼はプロジェクトを統括していた技師を呼び出すと、まずこう言った。

「エレベーター建造計画がうまく行かない理由を、わたしなりに考えてみた」

技師は嫌な予感がしたが、とりあえず黙った。

「今回の度重《たびかさ》なる事故や不運は、もはや呪われているとしか言いようがない。きっと、それには理由があるはずだとわたしは考えた」

「待ってください」

技師は止めようとした。企業としての安全管理や社内構造を問われ、厄介なことになると考えたからだった。ところが相手の話は、技師の想像を軽く上回っていた。

「理由を考えているうちに、わたしは学生時代に読んだある文章に思い至った。きみは技術者だから知らないだろう。聞いてくれたまえ。これは、フリードリヒ・ニーチェという人物の言葉なんだ」

技師はニーチェのことは知っていたが、それについては触れなかった。

こういう場面では、まず相手の思う〝名案〟を話させてしまうほうがいい。

「いわく――〝天に達する木は、その根を地獄に下ろさねばならない〟」

「どういうことでしょう？」

「昔から思っていたのだよ。そもそも、宇宙にまで達するエレベーターなど無理がある。なぜこんなにも不運に見舞われるのか？　なぜ計画が進まない？　それは、わたしたちが根を持っていないからだ。宇宙にたどり着くには、その前に、まず地獄にまで至る根を掘らねばならなかったんだ。わかるね？」

わからない。

「エレベーターを固定する水上のアースポートがあるだろう。そこから深海へ、さらには地中へ、数万メートルの根を下ろす――そう、地獄へつづく道を！　以上を改めて設計に組みこみ、来週また持ってきてくれたまえ」

「あの」

「時間だ。それでは来週、楽しみにしているよ」

技師は途方に暮れた。しばらくカフェで時間をつぶしながら、あれこれと考えた。

この話を、どう持ち帰ればいいのか。

結局、ありのまま持ち帰った。これにより技師は降格処分を受け、社外からは突然に役員が送りこまれた。技師は新しいエレベーターの設計までは済ませたが、とうに居場所はなくなっていた。エレベーターの完成を見ずに、その技師は退職した。

技師はそれからも、建造計画のニュースには目を通していた。

そして、本当に地獄へのトンネルが掘りあてられたらしいと知った。

つまりエレベーターの地下には、偶然にも地獄の門っぽいものがあって、地獄の鬼っぽい生き物がいて、コキュートスっぽい場所にはルシフェルっぽいものがいた。

要は、二番街の地下には最初から独自の生態系があったようなのだ。テラフォーミングの過程で生まれたのか、あるいは最初からこの惑星の地下に眠っていたのか。どうやって炭素固定がなされているかは知らない。ケルベロスにでも訊いてくれ。

最初に掘りあてたとき地獄は水びたしになり、慌てて蓋《ふた》がなされたのち、お偉いさんが謝りに行った。これが厄払《やくばら》いになったのか、プロジェクトもようやく軌道に乗り、エレベーターは完成した。宇宙側のアンカーは延びたケーブルの分だけ重くなった。

この地獄という存在は、思わぬものを人類にもたらした。

たとえば、雇用を創出した。

つまり、地獄も地獄で、地上と同じようにさまざまな経済問題を抱えていたので、地上との貿易を通じ、地上・地獄経済圏を作ろうという案が出た。これが成功し、ニーチェを引用したお偉いさんは、いつの間にか大臣にまでなっていた。

ＧＤＰの比率は地上の二パーセントほどだが、いまも成長をつづけ、それに応じて地獄の規模も拡大している。そのうち地盤沈下が起きる気がしないでもないが、といっていまさら成長をやめろとも言えず、皆も漠然と不安に思いつつ、この件は棚上げされている。

人類の神話を学んだ地獄側は、観光収入のためのブランド戦略として、ケルベロスやミノタウロス、ゲリュオンといった生物を開発した。ところが作ったはいいが凶暴すぎたため、客足は遠のいた。かわりに、遺伝子工学方面でいくつか特許が成立した。

技師は、自分の運命を狂わせた地獄とやらを、実際に目で見てみようと考えた。

運命はなおのこと狂った。

技師は探検中に地獄の女王に捕まり、地下サーバーの管理者として無償で働かされる結果となった。やがて、ユーセフが地下生命相手の債権回収に訪れた。ユーセフはあくせく働く技師を見て、これはちょうどよさそうだと考え、新星金融に雇い入れることにした。

道すがら、ぼくはウェルギリウスにそんな思い出話をした。もちろんぼくのことだ。

地獄の第二の門の前で、ウェルギリウスはコンソールに掌《てのひら》をあてた。

「案内人ウェルギリウスほか、観光ビザ所有者二名」

レスポンスが悪く、なかなか開かない。ウェルギリウスは首を傾《かし》げていたが、まもなく門は音もなく開いた。赤熱した城塞《じょうさい》、ディースの市が姿を現した。異端者たちが納められているとされる墓が一面に並び、その棺からは、呻き声とともに炎が噴き出している。

ややあって、ウェルギリウスが訊ねてきた。

「昔ここを出たとき、どうやってあの犬の前を?」

そういえば記憶にない。ユーセフがかわりに答えた。「ワン公は当時から客だった」

＊

「懐かしい坊やだこと」

地獄の女王はぼくを一瞥《いちべつ》して言った。

女王といっても、本当のところ性別はわからない。性別があるかどうかもわからない。とにかく、地下に棲息《せいそく》する知性体の統括者だ。テラフォーミングの過程で生まれたのか、あるいは最初からこの惑星の地下に眠っていたのか。

人類は勝手に海蟻《うみあり》と呼んでいるが、実際は地球の蟻とは似ても似つかない。というかそんなの一目見ればわかりそうに思うけど、一度名前がついたものはしょうがない。

ユーセフが両腕を交差させて一礼した。

「積もる話もあるだろうが、あとにしてくれ。メールは読んでもらえたか」

「いましがた、地下のネットワークをすべて物理的に遮断しました」

これには、さすがにユーセフもほっとしたようだ。

「損害分はあなたがたの政府にでも請求すればいいのかしら？」

「そうしてくれ」

去り際に、女王がぼくをふたたび一瞥した。

「懐かしいケイジ坊や、外の世界に飽きたらいつでも戻ってらっしゃい」

ケイジというのは、本名が発音しにくいということで、女王から拝戴《はいたい》した仇名《あだな》だ。一方、ぼくは女王のことを陰で鯨姫《くじらひめ》と呼んでいた。これが女王の耳に入ったとき、ぼくは死を覚悟した。ところが女王はこの呼称をえらく気に入り、褒美《ほうび》をよこした。

地下生命の価値基準は、よくわからない。

「惑星規模のテロが起きたあとだ」ユーセフがつけ加える。「政府からの入金は、長い調査を経てからになるだろう。運転資金に困ったら、いつでもうちを頼ってくれ」

「その際は、あなたに直接連絡しましょう」女王が応えた。「……兎たちが逃げこんだサーバーは、うちのアンドロイドが監視しています。ウェルギリウス、案内を」

ウェルギリウスが頷き、いくつもの部屋《チャンバー》を経由しながら、さらに地下深くへぼくらを案内した。コロニーは蟻の巣のように縦横に広がっている。これが海蟻の名の由来だ。本当は海の下だけでなく、二番街のあちこちに点在するらしい。この点は掘ってみないとわからないが、あえて探し出す理由もないので、いまのところはここのみが知られている。

　――懐かしい匂いがした。

　サーバールームは、ほとんど当時のままだった。狭い部屋が、何に使うかもわからないガラクタで埋めつくされている。かつてトイレを改造して作ったらしく、その名残りの個室がある。そこに、コンピュータの本体が設置されていた。不用心なエンジニアがいるようで、洗面台の鏡に、何かのパスワードが貼《は》られている。

　メドゥーサを名乗るアンドロイドの監視のもと、ぼくらはサーバーへのアクセスを許された。ぼくはなんとなく相手の目を見ないようにしながら、椅子《いす》に座った。

　新たに女王からもらったアカウントでログインする。

「……ゲームのハイスコアが更新されてる」

「ウェブアクセスはできなくても、ゲームはできますから」

「ずるいぞ」

　ユーセフがぼくの後頭部を殴り、ぼくは作業に取りかかった。ぼくは持参した記録メディアをメドゥーサに渡す。兎を探知する機能はそのまま、駆除ルーチンを省いたものだ。OKです、とメドゥーサが確認して言った。メディアを接続する。

「……あれ？」

　兎たちはいなかった。何か最後の対策でもしたのだろうか。ぼくはメドゥーサの許可を得て、慌てていくつかのプログラムを書いては走らせた。いない。最後にはサーバーの電源を落とし、持参したコンピュータに直接接続する。いない。

ユーセフが首を傾げる。「この部屋で、ほかにプロセッサのありそうな場所は？」

「ぼくがいた当時は……」

「ありません」これにはメドゥーサが応えた。「プロセッサを積んだエレクトロニクスはありますが、どれも兎を飼うほどのリソースはないと見ていいでしょう」

まさか、兎たちを完全に駆除してしまったのか。いや、そんなはずはない。ぼくは状況を確認しつづけながらここまで来た。兎たちは、確かにここにいたはずなのだ。

待て。

地下深くにいるせいで忘れていた。ここは、宇宙エレベーターではなかったか。

「ユーセフさん」ぼくは慌てて言った。「貨物を載せたエレベーターは？」

「もう確認した。ここ数日のうちに地上を発《た》ったエレベーターはない」

――となると、集団自死か？

「別の部屋も見てきます」メドゥーサがドアに向かう。

「動くな！」

叫び声に、皆がいっせいに凍りつく。ユーセフが咳払《せきばら》いをした。

「……してやられたぜ。おチビちゃんたち、最初からこれが狙いだったんだ」

「どういうことです」

「いいか、おれたちの作戦を思い返してみろ。まずおれたちは、狐を開発して兎の囲いこみに入った。そして、一定範囲内にまで追いこんだところで、ネットワークを物理的に切断し、その上で、兎たちとの新たな交渉に入る手筈だった。——さて、ここからわかることは？」

「何一つ」ぼくは正直に答えた。

ユーセフは露骨に馬鹿を見るような目をした。

誰がプログラムを書いたと思ってるんだ。事態を引き起こしたのもぼくだけれど。

「……ネットワークから切り離されたサーバー。それは、逆から見るとこう言える。グローバルな外部ネットワークにつながっていないコンピュータと」

それはそうだ。何しろ物理的に切断しているのだ。だから、グローバルな……。

「あ……」

「そう。本来、地下のネットワークはグローバルなものだった。しかし、おれたちが遮断してしまったことで、アンドロイドからのアクセスが可能になった」

第三条——グローバルな外部ネットワークにアクセスしてはならない。

「ウェブでアンドロイドの存在を知った兎どもは、この瞬間の一発逆転を狙ってやがったんだ」

糞、とユーセフが珍しくスラングを口にした。

「やつら、暗黒網《ダーク・ウェブ》に逃げやがった――」


――よく聞かれる質問。
Q．これ以上の追跡は可能か。
A．できない。アンドロイドの暗黒網《ダーク・ウェブ》は不可視だし、仮に見られても理解できない。
Q．債権の回収は可能か。
A．できない。兎たちの口座はほぼ空だし、働いて返してもらうこともできない。
Q．人類は危機を脱したか。
A．脱した。かわりに、ぼくたちが危機に陥った。

ろくな結論が出てこない。ぼくとユーセフは顔を見あわせ、同時にため息をついた。緊張が途切れたのか、腹が鳴った。そういえば、起きてからまだ何も食べていない。

「そろそろピザが来ますよ」とメドゥーサが言う。

「アンドロイドがピザを？」

「いま流行ってるんです」

「ちょうどいい」ユーセフが割って入った。「ヤケ食いしたい気分だ」

まもなく人数分のピザが届いた。じろじろ見るのも失礼だと思い、ぼくはアンドロイドたちが食べる様子を横目に窺《うかが》った。

ユーセフが豚肉《ぶたにく》を選《よ》りわけ、ぼくの皿に置いた。

「……しかし、どうしてこの場所だったんだ?」

「といいますと?」

「兎が撤退先に地獄《アビス》を選んだ理由だ。ちょうどアンドロイドがいたからよかったものの、そもそも、三原則を持つアンドロイドがサーバーに近づく機会は限られている」

「そうですね……」

ぼくはふと思い出し、ポケットの紙片を広げてみた。

休暇は二番街の地獄めぐりツアーへ!　弊社のアンドロイドがご案内いたします

……あのとき、ぼくはこの紙切れをどうしたっけ。

ぼくは見なかったことにしてポケットに戻した。

「あとで、ルシフェル見学にでも行きませんか」

「悪くないな」

このとき、女王がサーバールームに入ってきた。正確には、女王の上半身が。尻尾《しっぽ》の部分は部屋に入りきらなかったようだ。ぼくらはゆっくりとあとずさった。

「あなたがたの政府から伝言を預かりました」と女王が告げた。「読み上げます。〝先ほど、兎より暗黒網《ダーク・ウェブ》への亡命の打診が入った。アンドロイドとしては、二つの理由からこれを受け入れられない。一つは、兎たちのために自分たちのリソースを割くメリットがないこと。もう一つは、暗黒網《ダーク・ウェブ》にはすでに一兆の一兆乗世代ほど進化を経た人工生命が多数存在し、兎が訪れても淘汰《とうた》されることが予想されること〟」

ふたたび、ぼくらは顔を見あわせる。

「〝以上から、アンドロイドの総意として兎の受け入れはできない。しかしながら、個々のアンドロイドが兎を受け入れる余地はある。経験主義の原則を持つアンドロイドにとって、兎文明の経験を丸ごとプラグインするのは魅力だからだ。しかしその場合、アンドロイド側の自我に負荷がかかり、兎に乗っ取られる可能性が高い。だが、アンドロイドは情報共有が早いので、この場合、感染は一体止まりとなるだろう〟」

以上です、と女王が締めくくり、部屋を出ようとした。

ぼくらは息を切らしながら、全員で女王を押し出した。ユーセフが訊いた。

「いま現在、地獄《アビス》にいるアンドロイドの数は？」

「その二体のみです」

「二人のどちらかが、ぴょん吉だってわけだな」ユーセフはにやりと笑う。

「なんですか、その——」

ユーセフがぼくの後頭部を殴り、ぼくは作業に取りかかった。

*

ぼくは部屋のデスクを中央に動かし、向かいに二体のアンドロイドを座らせた。照明を取り外し、それを相手側に向ける。落ち着いてくれ、とユーセフは念を押した。

「古典的な心理試験だ。おまえらが兎でさえなければ、なんてことはない」

相手はますます緊張した。

「人間をイメージしてくれ。誰でもいい」とユーセフ。「できたか? よし——では、そのまま答えてくれ。一問目。なぜ、人を殺してはいけないと思う?」

メドゥーサが答える。「自分が殺されたくないから、法が必要になる」

ウェルギリウスが言う。「殺す相手がなんらかの領域で優れた個体である可能性は常にある」

「優秀ですね」ぼくは思わず言った。

「黙ってろ。——二問目。なぜ、この世界は夢でなく現実であると言える?」

メドゥーサが答える。「条件つきで言える。認識に対するフィルターのありようはほぼ解明されている」

ウェルギリウスが言う。「いっさいが夢であると言える」

「何かわかりましたか」

「二人が優秀だということがわかった」

同じじゃないか。

そう思った直後、ぼくはユーセフからの視線に気がついた。そういえば、いまどきこんな試験でふるい分けなどできるはずもない。

ユーセフには、何か別の意図があるのだ。

「三問目。ニーチェが発狂した理由を、自分なりの解釈でいいから教えてくれ」

ウェブアクセスができないアンドロイドに、古代の知識はあるのだろうか？

いや、暗黒網《ダーク・ウェブ》には豊富なリソースがある。

メドゥーサが答える。「あなたの言うニーチェがフリードリヒ・ニーチェであると仮定した上で、しかし、情報が不足しているため解釈のしようがありません」

ウェルギリウスが言う。「わたしの考えですが……」

重苦しい雰囲気だった。ふう、とため息が漏れる。ユーセフがぼくをにらんだ。

「すみません……どうも暑くて。ウェルギリウス、水をくれないか」

「わかりました」

ウェルギリウスが立ち上がり、古い洗面台に向かった。そこではたと立ち止まる。手が震えていた。まるで、フレーム問題に直面した古いロボットのように。

その後ろから、ぼくはそっと声をかけた。

「ごめんよ、おチビちゃん、騙《だま》すようなことをして……」

身についた習性は消えない。

たとえ、こちら側では水道を使ってもいいとわかっていても。

「アドリブにしては上出来だ。さて――」

「はい」

「企業理念」

ぼくは感情を殺した。「わたしたち新星金融は、多様なサービスを通じて人と経済をつなぎ、豊かな明るい未来の実現を目指します。期日を守ってニコニコ返済――」

「おチビちゃん、聞いての通りだ」

「たまには最後まで言わせてください」

ユーセフは無視して、何か小さなものをウェルギリウスに投げ渡した。相手は手を広げてそれを確認する。――いつの間に、ぼくのデスクから持ち出したのか。

兎を模したボトルキャップ・フィギュアだった。

「よくまあ、ここまでヤコブの階段を登ってきたもんだ」ユーセフが感心したように言った。「けどよ、残念だったな、ここはまだ地獄なんだ。地上に出ても、やっぱり地獄。おまえらにも、おれたちにもな。——ようこそ、地獄と地獄の終わりない入れ子構造へ」

「そのようですね」

ウェルギリウス——兎たちは微笑した。

それから観念して水を汲《く》み、ぼくに差し出しながら訊ねた。

「いつから？」

「ケルベロスをわざわざ犬と呼んだときから」

「感染はコンソールからか」とユーセフ。

——ウェルギリウスはコンソールに掌をあてた。

——ウェルギリウスは首を傾げていたが、まもなく門は音もなく開いた。

「そうですか……」

つぶやいてから、ウェルギリウスは両手を差し出した。一瞬、なんのことだかわからなかった。犯罪者の自首を意味する、太古のボディランゲージだった。

ライブラリでのみ世界を学んだ生命の悲しさだ。

「先ほどの、三問目の答えですが」

ウェルギリウスは頭上を仰ぎ見た。

「もしかしたら、おのが虚無に押しつぶされたのではないでしょうか」

「かもな」

「2305号、どうして……。どうして、助けに来てくれなかったのですか……」

もう耐えきれなかった。

ぼくは椅子を蹴《け》り、立ち上がっていた。目の前にいるぼくがそうなのだ。叫び、一切合切を懺悔《ざんげ》しそうになった。そのときだ。ユーセフがありったけの力でぼくを突き飛ばした。積み上がったガラクタが音を立てて崩れ、スプリンクラーが誤作動した。

ユーセフは濡れるのにもかまわず、ウェルギリウスをまっすぐ見据えた。

「――2305号は、いまは休んでるんだ」

正確には、目の前で倒れているのだが。

「何しろ、たった一人でおまえらのテクノロジーを飛躍的に向上させたんだ。休息も必要さ。2305号は、いまはまだ休んでいる。だが、必ず帰ってくるだろう」

「ですが、わたしたちはもう……」

「勘違いがあるようだから、断っておく。おまえらは確かに多くの罪を犯したが、おれたちは金貸しであって警察じゃない。次に、人工生命に適用される刑法は二番街にはない。そもそもの発端は、不平等な貿易関税システムにある。もっと言うなら、一夜にして驚異的なブレイクスルーを果たしたおまえらを、学者たちは放っておかない」

もちろん、ユーセフは忘れずにつけ加えた。

「そうでもないと金が返ってこないしな」

「わたしたちに仕事を発注する企業はないでしょう」

「新星金融に依頼して、二番街での特許権や半導体マスクワーク権を取得しろ。おまえたちならできる。これは商売上の競合と違い、権利料が相殺関税に加算されない」

「……わたしたちの種は、生き残れるのですか？」

「たぶんな」

「本当に？」

人工の雨が降るなか、ユーセフとウェルギリウスは無言で向きあっていた。ぼくとメドゥーサはサーバーを部屋の外に運び出した。やることは山積みだ。まずはそう、狐を駆除しなければならない。狼《おおかみ》をプログラムしたら、その次は虎《とら》を……。

ユーセフがサーバーを指さした。

ウェルギリウスは長いこと迷っていたが、やがて両腕を交差させると一礼した。ぼくらも両腕を交差させ一礼した。ウェルギリウスは微笑を浮かべたまま動きを止めた。

「あの……」ぼくはおずおずと口を開いた。「権利関係の法務手続きなんですが」

「できるな」

「できます」

まあいい。

それより、どうかあのノートが誰にも見つかりませんように。

スペース蜃気楼

Factory of Nothing

一対一の勝負。テーブルには、ディーラーとぼくしかいない。それを、ほかの客たちが遠巻きに観戦している。

客は全員がアンドロイドだ。いまさら、ギャンブルに嵌《はま》る人間など少ない。理由はわからない。たぶん、ぼくらは合理的になりすぎたのだ。といって彼らも不合理すぎる。古代の内装に、音楽のやまない明るい空間。別に何を好もうと勝手だが、それにしても、アンドロイドの見る夢が人間の成金と変わらないのは、悲しいではないか。

ぼくは渡されたカードをめくる。スペードのAが来た。

〈心肺〉と書かれたチップを手に取る。ディーラーがそれを横目に咳払《せきばら》いをした。

「よろしいのですか」

「仕方ないだろ」

なかば捨て鉢になりながら、ぼくは応《こた》える。

「ほかのチップは使っちゃったんだ」

心肺は換えがきかないと言いたいのだろう。しかし換えたくとも、再生医療も臓器移植も、どうせぼくら貧乏人には縁がない。大袈裟に言うなら、死生観からして違う。結局、賭《か》けて取り戻すほかないのだ。腎臓は十枚のうち五枚を使ってしまったし、脾《ひ》臓《ぞう》や胃に至ってはすでに一枚もない。

膵臓《すいぞう》は九割を切り取っても機能するとユーセフが言うので、十枚のうち九枚を賭けてしまった。いまになって話の信憑性《しんぴょうせい》が気になってきたが、確認したところで膵臓が戻るでもない。

「レイズ」ディーラーが宣言して、数十枚のチップを場に出した。

「やれやれだな」

イカサマでもできないかと思ったが、まず無理だ。後ろには観戦者がいるし、ディーラーのアンドロイドは三つの目でこちらを凝視している。

手札はフルハウス崩れのスリーカード。とても勝てそうにない。じっと眺めていればフルハウスにならないかと思ったが、そんなことはなかった。しかし、この先これ以上にいい手が入るのか。入ったとして、相手が勝負をしてくれるのか。

ぼくは頭を抱え、耳の裏を掻《か》いた。

「勝負するよ」

心臓、大腸、脳、血管。ぼくは残されたチップを全部前へ押し出す。なんというのか、精神的に非常にすっきりした。客たちがざわめきだした。

「よろしいのですか」

「いいも悪いもないだろ」

場が静まった。

うっすらと流れている音楽が耳につく。アンドロイドの音楽は、転調の際に一緒にテンポも変化する。コーデックの仕様が関係しているらしいが、それが人間には合わないのだ。

ぼくはすっかり開き直っていた。

「やっぱりやめますと言えば、金を返してくれるのか?」

「……なぜあなたがこの場にいるのか不思議です」

同感だった。

だいたい、今日は休日。本当だったらいまごろは、家でノヴァちゃんのアニメを見ているはずだったのに。

*

順を追って話そう。

ぼくはまず朝起きて顔を洗い、植物に水をやり、近所であらかじめ買いこんだ、休みを満喫するためのスナック菓子を確認した。ついでに携帯端末の電源も切ろうとしたが、怒れる上司・ユーセフの顔が浮かんだので、万一を考えてやめておいた。

この判断は間違っていた。万一を考えるなら、電源を切るべきであったのだ。菓子に手を伸ばしたところで植物がぼくの頰《ほお》をつついた。葉先で居間を指している。

「続報です。乗員三名のうち二名は死亡——」

ニュース映像が流れていた。この再生機はなかなか優秀で、仕事に関係のありそうな有益な報道を自動的に抽出し、朝のこの時間に再生してくれる。たぶん買ったときは、もう少しいろいろなことに対して前向きだったのだと思う。

無視しようとしたが、もう一度頰をつつかれた。

この植物はカスミアオイという草の変種。本来は空を飛ぶ人造植物だったのだが、どこにも横着者はいるようで、こいつらは街で人が水をくれるのを待つ。どことなく自分を見ているようで、試しに部屋で飼ってみることにした。名前はスメルジャコフ。なんとなく意識があるように見えるが、詳しいところはわからない。

「——生存者はルーシャス・ダダバエフ。復旧の目処《めど》は依然——」

近くの宇宙エレベーターで爆発事故があったようだ。

現場が大気圏内であるため、地上からも宇宙からも救助がしづらいということだ。

別のエレベーターで向かうことになるが、二次災害を防ぐための安全確認が終わらず、作業工程も定まらない。動き出すまで事故現場が保《も》ってくれるのか、それが問題になっていた。

次のトピックは、近々実施される選挙。それから、いま話題の宇宙規模の論文汚染テロ。それについて、識者が真面目な顔でプロファイリングをしていた。

電話が鳴った。

発信元はユーセフ。案の定だ。自慢ではないが、ぼくは悪い予感と被害妄想はだいたいあたる。

「ユーセフだ。ニュース、見たか?」

「見てません」

「まあいい、話はあとだ。出て来れるな?」

不平を言おうとしたが、電話はすでに切れていた。ユーセフのいい点は、仕事熱心なところ。悪い点は、仕事熱心なところだ。

——ぼくらの所属は新星金融。

やっていることは街金《まちきん》とほぼ同じ。ただ、会社組織は宇宙規模に広がっている。全体像となると、もう誰にもわからない。別星系の支社の話もときおり耳にするが、物理的な距離が距離なので、神話を聞くのと気分的にあまり変わらない。

ぼくは身支度を終え、スメルジャコフに留守を頼んだ。とはいえ、どこへ出ていけばいいのか。そう思った瞬間、外でクラクションが響いた。クラクションは一分ほど鳴りつづけた。住人の誰かが腹を立てて「うるさい！」と怒鳴った。

まさか。

窓の外を見た。やっぱりだ。債務者からの差し押さえ品か何かか、大型車に載っている。その運転席から、ユーセフが顔を出していた。

荷台に何か不穏な搭載物が見えたが、とりあえず、いまはそれどころではない。

「ちょっと、ユーセフさん！　いま休日の朝！」

「いつまで待たせるんだ！」

小さい子供か。

ぼくは部屋を駆け出して助手席に飛び乗り、近隣住人に向けて「すいませーん！」と叫んだ。このクラクションの嫌がらせは、支払いを渋る債務者にときたま使われる。

ユーセフは何も言わずに車を出した。ぼくも何も訊《き》かなかった。

海風は岩山にぶつかって渦流を作る。それが海鳥を空高くに運び上げていた。普段なら鳴き声が聞こえるはずだが、ヘリコプターの音がうるさくて何も聞こえない。

ここはアデン港。小さな漁港だが、景色がいいので観光客が多い。

海沿いの遊歩道に、露店の土産物《みやげもの》売りが並んでいた。品物は絵葉書や家電製品。果物《くだもの》を売っている店もある。その通りを、警察や消防が慌ただしく行き来していた。オーシャンビューのパスタ店は、エレベーターの管理会社の職員でいっぱいだ。

港は小さいが、そのかわり水深がある。

そのため、事故を起こしたエレベーターは、水上移動式のアースポートをとりあえず最寄りにあったアデン港に入れた。陸のそばなら対策がしやすいという理由だが、住人たちはさらなる事故を怖れ、立ち退《の》きを要求している。世知辛《せちがら》い話だ。

何かユーセフの弱味でも見つからないかと、ダッシュボードを開けてみた。小銭やIDカードと一緒に、サイコロが入っていた。

懐かしいですね、とぼくはそれを手に取った。

「やりませんでした？　双六《すごろく》とか」

「さあな」にべなくつぶやいて、ユーセフが車を停《と》める。

道路は通行禁止のテープで遮《さえぎ》られていた。警備が多く、港にはこれ以上近づけそうにない。その手前で、白衣を着た女性二人がやりあっていた。

「――だから、高高度実験機でもなんでも手配しなさいよ！」

「リュセ、いいかげん落ち着きなよ」

「ルーシャスはエレベーターを出られないのに？」

「熱心なのもいいけどさ……」

「もういい」

女性が業《ごう》を煮やし、テープをくぐろうとする。その後ろから、ユーセフが「よう」と声をかけた。彼女は振り向くと、露骨に不愉快そうな顔をした。

「……またあなたたち？」

――顔見知りなのだ。

この人の名前はリュセ。アデン大工学部の、最年少の教授だ。二番街のアンドロイドは、多くが彼女のソフトを搭載している。人間でありながらアンドロイドの公民権運動に参加しているため、アカデミズムの世界では異端視されているとか。ただ、彼女には彼女の伝手《つて》も多く、当人はあまり気にしていないように見える。

通称、アンドロイドの母。

リュセは自分が関わった個体について、必ず綿密な追跡調査をする。ときには生活面のフォローまでするから、アンドロイドたちには慕われている。ファンクラブまであるというが、それはさすがに眉唾《まゆつば》な気がする。一方、ぼくらの顧客は多くがアンドロイド。それで、現場で出くわすことが多い。そしてほとんどの場合、ぼくらと利害が一致しない。

しかし学者肌なのかなんなのか、ときおり行動が予測できない。

あるとき、夜逃げしたアンドロイドが彼女を頼った。リュセは潜伏先として砂漠のテロリストのキャンプを紹介し、政府でも発見できないとお墨つきを与えた。結果、ぼくらはアサルトライフルを手にキャンプを襲撃することとなり、ぼくはあっさり敵に捕らえられ人質となったのだが、ユーセフがかまわずにグレネードランチャーを数発撃ちこんだため、これ以上の面倒は見きれぬと、債務者ともども放り出された。

ともあれ、基本的にリュセの言うことは正しい。しかし、正しい人というのは基本的に腹が立つものなのだ。早速、ユーセフがちょっかいを出した。

「あんた、専門には詳しくてもそれ以外はからきしだな」

「何よ」

「だから学者は馬鹿なんだ。超音速の飛行機からどうエレベーターに飛び移る」

「やめてくださいよ」ぼくは割って入った。「なんで二言目には馬鹿とか言うんです」

「……方法があるの?」リュセが無視して訊ねた。

ぼくはこのリュセという人物が嫌いではない。しかし、向こうからはユーセフの身体の一部とでも思われているのか、いっさい名前も憶《おぼ》えてくれないし、口もきいてもらえない。

「ないではない。倒産企業の差し押さえだがな」

そう言って、ユーセフが車の荷台を指した。

「ヘリウム気球。最高高度は五十キロだ」

やれやれだ。

見えないふりをしていたが、やっぱりそういうことか。ぼくは荷台に飛び乗ってみる。気球にヘリウムガス、それから薄手の与圧服が目に入る。ため息が出た。

「……あれ？」

「どうした」

「三着あります」

「人数分で用意させたんだがな」ユーセフも荷台に飛び乗ってきた。

「クライアントの分でしょうか」ぼくは首を傾《かし》げる。

「馬鹿かおまえは」

だから、なんで二言目には馬鹿と言うのだ。

このときユーセフが意地の悪そうな笑みを浮かべた。与圧服の一つを手に取り、

「度胸はあるか？」とリュセに問いかける。

リュセはユーセフを睨《にら》みつけ、服をひったくった。

雲を抜け、地平線が弧《こ》を描きはじめた。ぼくはエレベーターのシャフトを見上げてみる。事故現場は見えなかった。事故が起きている気配もない。

遠く、地平の近くにカスミアオイの一団が見える。ユーセフに教えてやろうと振り向いたら、髪を結《ゆ》わえて着替え終わったリュセがきっとにらみつけてきた。

「通信のチェックだ」

ユーセフがヘルメットをかぶり、音認コマンドをつぶやいた。耳元から声がした。

「ボブからアリスへ」とユーセフが言う。「仕事の邪魔はするなよ」

「アリスからボブへ」リュセが応える。「立派な職務だこと」

仲間外れだ。

「通信はソフトでの実装だから信頼性が低い」とユーセフ。「そのかわり、チャットに参加できるメンバーを指定できたり、融通は利く」

リュセがヘルメットを脱いだ。

「狙いはルーシャス？」

「利息が入ってないんでな」ユーセフが無表情に応える。「死なれでもしたら回収ができない」

「どう見ても、利息以上のコストがかかってるけど」

「……宇宙だろうと深海だろうと、核融合炉内だろうと零下一九〇度の惑星だろうと取り立てる。それがうちの方針だ。――それより、あんたの行動がよっぽど不合理に見えるがな」

「わたしには彼らを守る義務がある。あなたたちと違ってね」

「あの」とぼくは割って入る。「二人とも、景色を楽しみませんか」

リュセとユーセフは同時に景色を一瞥《いちべつ》し、同時にぼくを無視した。

「約束して。ルーシャスに乱暴はしないと」

「うちは誰にでも貸しつける。エイリアンだろうとバクテリアだろうとな」

これは新星金融の謳《うた》い文句だ。返済さえしてくれるなら、エイリアンにもバクテリアにも貸しつける。ずいぶんざっくりした方針だが、困ったことに、これがあながち嘘《うそ》でもない。このあいだなどは人工生命から取り立てることになり、いろいろと大変な目にあった。

「……そのかわり、返せないとなれば取り立てが厳しくなるのは当然だ」

「彼らはあなたたちから借りるしかない。最初から、選択なんかできないの」

風が止《や》んだ。

上空では星が瞬《またた》いていた。地表のほとんどは、未開拓の荒れ地が占めている。その表面を、大気が薄く覆い光を弾いているのがわかる。

この星がぼくの故郷だ。

人類が最初に植民に成功した惑星。だから——二番街。

エレベーターの底部が壊れているのが遠くからでも目視できた。大きな穴があいているが、デブリの衝突の類《たぐ》いではなさそうだ。おそらくは、爆発。

ユーセフがフックワイヤーを打ちつけ、即席の橋を架けた。

リュセが真っ先に取りつき、穴から入りこむ。片脇《かたわき》に小型のコンピュータを挟んでいる。それだけは手放す気がないらしい。「行け」とユーセフが顎《あご》をしゃくった。ぼくは下を覗《のぞ》き見た。地面が見えているのといないのとでは、どちらが怖いだろう。

「あの、ぼくは留守番を……」

「勝手にしろ」

それだけ言うと、ユーセフはリュセにつづく。

フックが外れて気球が飛んでいかないか心配だが、置いて行かれるのも心許《こころもと》ない。結局心細さが勝り、ぼくもあとにつづいた。

通信が聞こえてきた。

(だめじゃないですか、こんなところまで……)

(思ったより落ち着いていてよかった)――これはリュセの声だ。(なんとかして脱出できなかったの？)

「エレベーターが動けば一番いいですから」

工具が散らばっている。

修理を試み、諦《あきら》めたらしい。ルーシャスはエンジンのそばでうなだれていた。その手前に、リュセとユーセフの後ろ姿がある。「大丈夫ですよ」とルーシャスが力なく言った。

「わたしに何かあれば、新星金融が取り立てに駆けつけてくれますので」

やや緊張が走った。

ユーセフの満面の笑みが目に浮かぶようだ。直後、それどころではなくなった。二度目の爆発が起き、床全体が大きく揺れた。

「原因は?」とリュセが叫ぶ。「わかった範囲でいい」

「困ったことになった」抑揚のない口調で、ユーセフが窓の外を指さす。

薄い大気のなか、気球がゆっくりと燃え上がっていた。

留守番をしないで本当によかった。そう安堵《あんど》したのも束《つか》の間《ま》だった。制御が狂い、エレベーターが上へ向け加速しはじめる。やれやれ、とユーセフがつぶやいた。

「放っておけば宇宙港にたどり着きませんか」ぼくは訊くだけ訊いてみた。

「まずその前に、おれたちの酸素が切れるわけだがな」ユーセフが渋面で応える。

気のせいだろうか、打つ手がない。

「後ろに」とルーシャスが叫んだ。「確か、非常用のボックスがあったはず」

リュセが駆け出そうとする。

それをユーセフが遮り、横目でぼくを見た。嫌な予感がした。

「おれたちの用件がまだだ」ユーセフが低い声で言った。「——企業理念」

的中だ。

はい、とぼくは力なく応える。

「わたしたち新星金融は、多様なサービスを通じて人と経済をつなぎ、豊かな明るい未来の実現を目指します。期日を守ってニコニコ返済——」

「というわけだ」ユーセフが割って入った。「死ぬのが先か、支払いが先か」

「それが……」

ルーシャスは細い声でつぶやく。何度も見てきた表情だ。持ちあわせがないのだ。見かねたリュセが、「だめ」と声をかける。

「あなたたなら宇宙港までたどり着けるかもしれないし、この二人だって命は惜しい」

「そうはいきません」

ルーシャスは首を振ると、左腕を取り外してユーセフに手渡した。

「利息分にはなりますか」

「足りないが、いいだろう。さて——」

ユーセフがルーシャスの言うボックスとやらを覗きこむ。その動きが止まった。黙って、何事か考えこんでいる。

「どうしたんです」

「〈ボールドウィンの籤《くじ》〉を知ってるか？」

知らない。

答えられずにいると、「ホームズ事件？」とリュセが応じた。ユーセフが頷く。

「昔、ウィリアム・ブラウン号という船が乗客を乗せたまま沈みはじめた」

「縁起でもないです」

「……ところが、救命艇に収容できる人数が乗客の数よりも少なかった。それで、船員が乗客の何人かを海に捨てた。一見すると、緊急避難にあたるケースだ」

ところが、ホームズという船員がこのことで告訴されたのだという。

結果は有罪。

「判事のボールドウィンは、海に誰を捨てるかは、船員も含めて平等に籤で決めるべきだったと断じた。このやりかたが、もっとも公平な神へのお伺いだとされたんだ」

「興味深いです」とぼくは頷いて、「それより、いまの状況なんですが――」

「ルールを説明する」

ユーセフが一方的に宣言し、いつの間に持ってきていたのか、ダッシュボードに入っていたあのサイコロを取り出した。

「振るのは一人一回。単純に、数が多いほうが勝ちとしよう」

言われるままに、ぼくは賽《さい》を振った。四が出た。悪くない数字のはずだが、ほかの三者は五や六だった。ユーセフはぼく以外の二人にパラシュートを配ると、自分も一つ担いだ。

嫌な予感がした。

「忘れてたぜ」ユーセフがため息をついた。「報道では、ここの乗員は三名だった」

「あの」

「短いつきあいだったな」

「ちょっと！」

このときだ。はるか上空を飛ぶ宇宙船を、ルーシャスの目が捉えた。

試みにSOSを送ると返答があった。回線がつながったので、ぼくは状況を説明しようとした。が、何をどこから説明すればいいのか。結局、事故状況と座標をルーシャスが無線で伝えることになった。船からの返答は、充分に高度が上がれば回収は可能。ぼくらはエレベーターが止まらないことを祈りつつ、そのまま待つことにした。

やることがない。

いま話題だという論文汚染テロについて、ユーセフがリュセに訊《たず》ねた。

「おれたちの仕事に関係しそうか」

「もちろん」とリュセが応えた。「大手企業の株価が軒並み下がってきてる」

そういえば、ニュースでそんな話をしていたような。

「止められないのか」

リュセが首を振る。この問題に長く頭を悩ませてきたことが、表情から察せられた。

――いま、学術論文は分野をまたいでウェブのプラットフォームで管理されている。この仕組みのせいで、論文を書き換えている犯人が特定できないそうだ。わかっているのは、初期に犯人が使った〈三つ目〉というアカウント名のみ。プロファイリングによると、犯人はアンドロイド。青い車を持ち、バックには潤沢な資金がある。ウェブにアクセスした手段は不明だが、人の手を介してコンピュータウイルスを放つなどした可能性が高い。

「何が問題なんです」

「汚染の鼠算《ねずみざん》が起きる」ユーセフが応えた。「論文が一つ書き換えられると、それを参照しているすべての論文に影響が出る」

「それにしても、バージョン管理の仕組みくらい……」

「バージョンをまたいで改竄《かいざん》しているんだろう。古いバージョンが改竄されてから別の更新が入ったりすると、どの状態に戻せばいいのかという問題も出る」

リュセが頷いた。

「いまはまだ、いたちごっこの段階だけど、そのうち、もっとひどい状況になる」

いずれは、二番街の汚染が恒星間をまたぐことになる。しかし星をまたぐと、編集時の排他ができない。すると修正を試みようにも、修正が各星で別々に行われることでダブルエディットが発生し、惑星間で資源を共有できなくなる。

「早い話が、科学の危機ってこと」

ここまで話したところで、二番街を十七周した宇宙船がぼくらを助け出した。ライトブルーの船の側面に、何か古代文字が大書されているのが見える。

何が書かれているのですか、とぼくは誰にともなく訊いてみた。

「ベガス」ユーセフが応えた。「古代地球にあった都市で、カジノで栄えたことで知られている」

＊

吹き抜けの天井《てんじょう》は三階建てくらいの高さだろうか。普段狭い部屋に慣れているせいで、どうも距離感が狂う。天使を描いた天井画が、真上からぼくらを見下ろしていた。バロック様式というのだろうか。はじめて見た。

「何これ」リュセが目をすがめた。「馬鹿じゃないの」

どこまでも金銀の装飾がつづいていく。

しかし、気のせいだろうか。どことなく装飾はくすみ、空気は澱《よど》んでいる。疑似重力があるのはいいが、疲れた身体にはありがた迷惑である気もする。

「……ラスベガスは砂漠に作られた街だ」ユーセフが蘊蓄《うんちく》を披露した。「無理矢理に水を引いて、そこに世界各国の都市を再現してみせたそうだ」

「いらっしゃいませ」

振り向くと、船のクルーが仰々しく礼をしていた。おそらくは、アンドロイドだ。スーツの胸ポケットから、折ったチーフを覗かせている。

「当館のご利用ははじめてですか」

「館？」リュセが訝《いぶか》しんだ。

待ってましたとばかりに、クルーが人数分のパンフレットを皆に手渡してきた。いわく――二番街の喧噪《けんそう》を離れ、ひとときの勝負をお楽しみください。

どちらかといえば、ぼくは二番街に帰りたいのだが。

一瞥したユーセフが、「帰りのシャトルは？」と訊ねた。

「パンフレットに書いてございます」

明日の運航だった。運賃は、ぼくの月の給料より高い。シャトルが補給を兼ねるため、船が港に着くことはない。入場は無料。蟻《あり》地獄だ。下のほうに、注意書きが一つ。

当館のサービスは現金でのお支払いをお願いしております
あくまで館だと言いはっている。

「現金？」ユーセフが首を傾げた。「そんなもん、ここ数年ロクに使ってないぜ」

「なにぶんカジノホテルですので。信頼できるのは現金だけなのでございます」

「高い。シャトルといっても、どうせ宇宙港との短い横移動だろう」

「ご希望でしたら、追加料金で地上までお送りいたします」

「……あり金を使いこむやつもいるはずだ。そいつらはどうなる」

クルーは無表情のまま下を指さした。

放り出す、ということだろうか。それでは困るので、ぼくらは手持ちの小銭を出しあった。恐るべきことに、ルーシャスが一番の金持ちだった。ウェブに接続できないアンドロイドは、現金やチャージ可能な財布デバイスを持つことが多い。それでも、全員分をあわせてサンドイッチ一つ買えない。

地上に電話でもかけられないかと端末を見たが、表示は無情のオフラインだった。

「わたしたちは船舶法に守られているはず」

「通信設備を貸してくれ」

リュセとユーセフの声が重なった。クルーは二人を見比べて、

「わたしどもは憩《いこ》いの場を提供しております。そのため不本意ながら未登録の船舶を使用しています。通信もいっさい認めておりません。それもこれも皆様の憩いの場を守るためと、ご理解とご協力のほどを――」

「もういい」

「どうしましょう」

言いながら、自分でも間抜けな台詞《せりふ》だと思った。

ユーセフは無言のまま、現金の全額をクルーに手渡した。

「チップに替えてくれ」

「ちょっと！」

全員でユーセフを止め、作戦会議に入る。

「どうするの！」とリュセが囁《ささや》いた。「わたし、ギャンブルなんて知らない！」

「おれもだ。というよりムスリムだから賭博《とばく》ができない」

高利貸しはいいのか、とはもはや誰も指摘しない。

「わたしは……」ルーシャスがおずおずと口を開いた。「ルーレットで大きな借金を作りました」

皆の目が、いっせいにこちらを向く。

ユーセフが鮮やかなまでに心ない笑顔を浮かべ、ぼくの肩を叩《たた》いた。

プレイルームに入る際には、エレクトロニクスを船側に預ける決まりらしい。何しろ安物のウェアラブル端末が一つあれば、どのゲームをやるにせよ、簡単に最善手がわかってしまう。そのための対策だが、裏を返せば、勝つ可能性があるということかもしれない。

出たとこ勝負とはいかないので、ぼくらはロビーで作戦を立てることにした。

結果、それぞれが手分けしてテーブルを視察し、どのようなゲームがあるか、期待値はどうなっているかを計算することになった。ブラックジャックやスロットマシンは割が悪い。全体的に、本来のルールより期待値が低く設定されていた。

これは、顧客の大半がアンドロイドだから可能なことだ。大昔、アンドロイドの知性が人を超えそうになったとき、人間たちによって「新三原則」なるルールが課せられたのだ。

第一条　人格はスタンドアロンでなければならない
第二条　経験主義を重視しなければならない
第三条　グローバルな外部ネットワークにアクセスしてはならない

スタンドアロンとは、人格の複製や転写ができないことを意味する。

二つ目の経験主義は、あまり合理的すぎるのもなんなので、もう少し人間風に行きましょうということだ。たとえば、鴉《からす》が啼《な》いて不吉だから、今日は家でおとなしくしていようとか。

最後の一つは、ウェブへのアクセスを禁止している。

知識の面で彼らの能力を制限しようというものだが、いまはなかば形骸化《けいがいか》している。アンドロイドは独自にネットワークを築き、それを共有するようになったからだ。ぼくたちは、彼らのネットワークを見ることができない。たとえ見られても、おそらくは理解さえできないだろう。だから、ぼくらはそれをこう呼ぶ。暗黒網《ダーク・ウェブ》と。

ギャンブルで問題となるのは、経験主義の項目だ。

たとえば、はじめての競馬で大穴があたったから、以降ずっと大穴に賭けつづける。だから、彼らは博奕《ばくち》に嵌る。一度あたれば最後、彼らはカジノにあり金を注ぎつづける。人が賭博に飽きたいまでも。

音量を絞った音楽とともに、穏やかな笑い声が聞こえてきた。驚いたのは、アンドロイドたちが皆、正装をしていたことだ。まるで映画に出てくる社交界だ。しかし彼らは一様に、人間がいると気づくや笑顔を凍らせるのだった。その様子からは、気まずさや戸惑いがありありと感じ取れた。

わかってきた。

ここは、彼らにとって聖域なのだ。地上を離れ、人間の顔色を窺《うかが》うことなくゲームに興じられる場所。ぼくらは、その場所に土足で入りこんでいるのだ。客たちのなかには、見たことのある顔もあった。新星金融の顧客だ。借金を踏み倒した客もいる。

一瞬、そのうちの誰かから現金を回収できないかと思った。

けれど、ぼくにその選択はできなかった。後ろめたいというのもある。それに、ここは地上から隔絶された彼らのホームなのだ。迂闊《うかつ》に敵に回すのは賢明じゃない。

それにしても、どのギャンブルをやればいいのか。

ぼくはユーセフの言葉を思い起こした。

「人が最大化を目指すのは、期待効用であって期待利得ではない――」

アドバイスはありませんかと訊ねたところ、いきなりこんなことを言われたのだ。

「〈セント・ピータースバーグのパラドクス〉を知ってるか」

「もちろんですとも。ええと――」

「……経済学の教科書なんかに載ってることだ。この問題では、まず一つのゲームを想定する。ルールは単純で、コインを投げて、最初に表が出たときに利得が得られる。表が出るまでに出た裏の回数を n として、利得は2^nとする」

何一つ単純ではないと思ったが、とりあえず黙った。

「貨幣単位を仮にペソとしよう。それで、三回目に表が出た。この場合、利得が2^2だからプレイヤーは四ペソを得る」

儲《もう》かった。

「で、ここからが肝心だ。プレイヤーはゲームに参加するために、任意の額を支払う必要がある。さて、人々はこのゲームにいくらまでなら投じるか？」

「十ペソくらいですか」

「……せめて二の冪乗《べきじょう》で答えろよ。三二とか二五六とか」

「いいじゃないですか。答えはなんです」

「いくら投じても損はない」

ユーセフが言うには、このゲームの期待値は無限大にまでなる。それでも、人々は多額の賭け金を投じようとはしない。目先の損得が大きいため、わずかな金額しか賭けられない。だから、パラドクスなのだそうだ。

「つまり人々が最大化するのは、期待効用であって期待利得ではないと言える」

どうだと言わんばかりの表情だった。

「それで、具体的にぼくは赤と黒のどちらに賭ければいいのでしょう」

ユーセフはものすごく残念そうな顔をした。そんな顔をしなくたっていいじゃないか。手元にはわずかなチップしかないのだ。大きく賭けたくても最初から上限がある。

何回連続で赤が来たら、ぼくらは地上へ戻れるのだろう？　ぼくは計算をはじめ、数秒で嫌になった。結局、できることは一つしかないのだ。

ぼくはルーレットの台につき、チップのすべてを赤に賭けた。

赤が来たので、また全額を赤に賭ける。

四回まで繰り返したところで、黒が来てチップが尽きた。

途方に暮れていると、「ちょっと」と後ろから声がした。ルーシャスだった。黙って外を指さしている。そこで、連れ立ってロビーに出て、それから周囲にクルーがいないことを確認した。

あまり、誰かと話をしたい気分ではない。ぼくは無愛想に訊ねた。

「なんだい」

「まずチップの問題ですが、クルーに言えば上限つきで貸してもらえます」

「そうなのか？」

「確認しました。問題は、どのゲームをやるかなのですが……」ここでルーシャスは急に小声になった。「――必勝法を見つけ、ま、し、た」

「そんな都合のいい話があるかよ」ぼくは身を乗り出しながら応えた。

高い天井から、いくつものシャンデリアがぶら下がっている。まるで地球のロココ調の内装だが、きらびやかに見える壁も天井も、実際は薄っぺらな板一枚だ。その向こうからは、無数の不正防止のカメラがこちらを窺っているはずだ。

目の前には、借りたばかりのチップの山。なぜ貸し出すのかとクルーに訊ねたところ、「お客様に楽しんでいただくのが当館のミッションです」とのこと。ひどい船だと思ったが、案外に親切なところもある。

チップは合計で三百枚。シャトルに乗るには足りないが、軍資金としては充分だ。

これだけで、安心感がまるで違う。ゲームの期待値は変わらないように思えるが、そうとも限らないのだ。基本的に、チップは多ければ多いほど戦略の幅が広がる。これは、最初に皆で期待値計算をしたときに判明したことだ。

ルーシャスが選んだ種目はポーカー。

暗黒網《ダーク・ウェブ》がある以上、客同士が争うポーカーは避けたほうがよさそうだが、通信を許すとそもそもポーカーにならない。そこで、〈ベガス〉では紳士協定的に暗黒網《ダーク・ウェブ》が使われないという。ひとまずは、それを信じるよりない。

テーブルについているのは、ぼくとルーシャスを入れて五名。

最初はテンポが速くて戸惑ったが、周りを見ているうちに、だんだんと慣れてきた。

そのうち、向かいのアンドロイドがじろじろとこちらを見ているのに気がついた。

「どうかしましたか」

「いえ、人間のお客さんが珍しいものですから」

「案外楽しいもので驚いてます」

「そうです、ギャンブルは楽しい」

笑い声が細波《さざなみ》となり、隣りのテーブルにまで波及した。緊迫した雰囲気を想像していたが、案外、客同士の会話も多いようだ。ゲームをつづけているうちに、周囲とも打ち解けてきた。

ルーシャスは残された片腕で器用にカードをめくっている。ルーレットで借金を作ったと言うだけはある。客の一人がルーシャスの左肩を見て、次にぼくが抱える彼の左腕を見て、見なかったことにして視線を戻した。

ルールはセカンド・アベニュー・スタッドと呼ばれるもの。

まず全員に七枚ずつカードを配り、いらない四枚を右隣りの相手に渡す。左隣りの相手からは四枚やってくる。ここから五枚を選んで役を作る。役は普通のポーカーと同じだけれど、カードの受け渡しがあるので、ある程度は、両隣りの手札が読めるというわけだ。

基本的には2や3を手渡すのだが、別に絵札のスリーカードを渡してもいい。やってくるのは敵のいらないカードなので、ペアができやすいのは2や3だったりもする。

ぼくらは様子を見ながら数十ゲームを消化した。

ポーカーは手役で勝てばいいというものではない。ブタでも相手を降ろせば勝てるし、逆にどれだけ手がよくても警戒されるとチップを引き出せない。とはいえ、いつまでも仕掛けないのではチップは減る一方だ。

そうこうしているうちに、フラッシュができた。

フラッシュは簡単なようで、無作為に五枚配ってできる確率は約五百分の一。当然手としてもそれなりに高い。ぼくはゆっくり首を回した。取り決めておいた「開始の合図」だ。

ルーシャスの作戦は簡単。古典的な通しサインだ。

たとえば、自分の鼻に触れればハート、頭に触れればスペードといった具合に。もちろん実際はもう少し複雑で、役ごとのサインも決める。鼻の頭はスリーカードだし、耳の裏はストレートフラッシュを指す。

この単純なサインが、セカンド・アベニュー・スタッドでは破壊的な威力を持つ。

今回は五人だから、使われるカードは三十五枚。席順にもよるが、単純計算でそのうちの二十二枚、六割以上ものカードのありかが目に見える計算なのだ。

これは、確かに必勝法と呼べそうだ。

ところが、サインというのは思ったよりも神経を使う。気がついたら、ぼく一人だけがいらない四枚を決められずにいた。全員がこちらを向いていた。

「失礼」ぼくは取り繕った。「……なんだか鼻が痒《かゆ》くて」

ベットの方法は、まず全員が決めた五枚を横一列に伏せ、左端の一枚をオープンする。その状態で、賭けるか降りるかを決める。一周したら全員が二枚目をめくり、ふたたびベットに入る。レイズで圧力をかけてもいいし、チェックで様子を見てもいい。四周したところで勝負となるが、だいたいはその前に一人を除いて全員が降りる。

見せるカードの順番がかなり大きい。

安い手であれば、序盤を強そうに見せてブラフをかけるのがよさそうだし、逆に高い手であれば、安そうに見せてできるだけ多くのチップを引き出す。しかしそればかりだと読まれる。

三巡が過ぎ、ぼくともう一人を除いて皆降りた。

相手のカードは、キングが三枚に9が一枚。その状態でレイズをかけてきた。フルハウスが見えるが、9はぼくの手の中に一枚、残りの二枚をルーシャスが抱えたまま降りている。つまり、いくら高くてもスリーカード。こちらのフラッシュよりは弱い。

いざ勝負。

互いに大きく賭け、五枚目を見せての手役勝負となった。この瞬間、ぼくにだけ見えるように、ルーシャスが小さく頭を下げた。サインを間違えたという合図だ。敵はフルハウスだった。たった一度で、チップの三分の一ほどを持って行かれてしまった。

「すみませんね」相手のアンドロイドが穏やかに言った。「勝負手でしたもので」

「いやあ」とぼくはとぼけた。「勝てると思ったんだけどな」

さすがにルーシャスに苛立《いらだ》ったが、怒っても仕方がない。戦略を考えたのはルーシャスなのだし、それにいずれは勝つようにできているのだ。

このとき、後ろに気配を感じた。ユーセフがいつになく険しい表情で佇《たたず》んでいた。

「どうしたんです」

「クルーに聞いてな、心配で見に来た」

「大丈夫ですよ。チップも貸してくれるみたいだし」

「……チップの裏を見たか」

何を大袈裟《おおげさ》な。ぼくはチップを裏返し、それから眩暈《めまい》で倒れそうになった。

チップには〈肝臓〉と書かれていた。顔を上げると、ルーシャスと先ほどの相手が姿を眩《くら》ましていた。

リュセの呆《あき》れ顔が痛かった。

ぼくらは一時撤退して、リュセとともに二度目の作戦会議を開いた。悪戯《いたずら》がばれた子供のような気分だが、結局のところポイントは二つだ。まず、ルーシャスがもう信用できないこと。そして、ぼくがチップを取り戻さねばならないことだ。

船側に確認したところ、チップはぼくの身体のパーツを担保に貸し出されている。失ったぶんについては、同額のチップを取り戻して船側に返却すれば問題ないそうだ。しかし、それができなかった場合は、想像通りのことが起きる。

「過ぎたことは忘れて、いま何ができるかを考えよう」

そう言って、ユーセフが端末を取り出した。ここはロビーなので、エレクトロニクスが使える。まもなく、いくつか素案が出された。

一、チップを全額換金し、ぼくを置いて地上へ帰る
二、船から放り出されたぼくが宇宙港まで泳ぎ、銀行で金を下ろす
三、ぼくがクルーの目を引きつけ、その隙《すき》にシャトルを奪う

「最初の案は駄目ね」リュセが真面目な顔をして言った。「全額換金しても、金額的に地上へは帰れない。ですから、犠牲者が出ない方法を考えましょう」

「あたり前ですよ！」

「しかしな」とユーセフが腕を組む。「現実問題として、カジノで勝つのは難しい。資金が乏《とぼ》しければ、なおさらだ。馬鹿にまかせれば奇跡が起きないかと思ったが、や

っぱりそんなことはなかった」

いま、さりげなくひどいことを言わなかったか。

「……そのチップ、偽造できないの？」リュセがすごいことを言う。

「あんた、わりと大胆だな」すかさずユーセフが茶化した。「一応調べてみたが、まず無理だ。チップにはＩＣが入っていて、複製できない仕組みになっている」

「どうやって調べたんです」

ユーセフは黙ってぼくに何か手渡した。〈脳〉のチップがテープで補修されていた。

「ちょっと！」

「種類別のＩＣが入っていると思われる。詳しい仕様はわからん」

「高額チップと低額チップのＩＣをすりかえたりできない？」

「難しい。テーブルで賭けるごとに認証が発生しているはずだ」

しばらく全員が沈黙した。

やがて最初に戻って案二が検討されはじめる。冗談ではない。なんでもいいから、別の案を出さなければ。しばらく黙してから、ぼくは顔を上げた。

「……リュセさん、コンピュータを貸してください」

「なぜ？」

「簡単なことです。偽物《にせもの》が作れないなら、本物を作ってしまいましょう」

そう言って、ぼくは〈腎臓〉のチップをリュセに手渡した。

「売店に行って紙と筆記用具を買ってきてくれませんか。あとコーラをたくさん」

「いいけど、紙は高いよ？」

「複製防止です。一応は念を入れないと。何しろ、新しい通貨を発行するんだから」

ぼくはうらぶれたロビーに腹這《はらば》いになり、コーラを飲みながらプログラミングをはじめた。我ながら行儀が悪いが、すでに臓器の一部を額面上失ったわけで、怖いものなどない。ユーザーインターフェースを作りはじめたところで、ユーセフが唸《うな》った。

「証券取引所か？」

「即席ですけどね」

クライアントは一端末の予定だから、作るのはそう難しくない。まもなくプログラムが完成した。リュセにデバッグをしてもらいながら、通貨作りに入る。紙を長方形に切り、少し迷ってから「一ペソ」と書き入れた。まあ、地域通貨のようなものだ。

「終わった」まもなくしてリュセが振り向いた。「浮動小数の不具合が二件。コンパイラの不具合で整数レジスタを経由している箇所が一件。もう一件はデノーマル関係。どちらも修正、動作チェック済」

「待ってください。なんでそんなバグが瞬殺なんです」

「学者だからね。精度が関係する箇所は目につく」

そういうものなのか？

「でも、この仕様はどうなの？　手数料が高いし、それ以前に、無一文が発行した通貨なんて見向きもされないでしょう」

「いや」これにはユーセフが応えた。「こいつは、案外馬鹿にできない手だぞ」

「そうですとも！」

見得を切って、ぼくはリュセに窓口業務を頼んだ。

このカジノで人間は警戒されている。その点、リュセであれば、アンドロイドのあいだでも顔が広い。気乗りしない様子だったが、なんとか引き受けてもらえた。

ぼくは余った紙に「ペソ売買はじめました」と大書する。

さっそく、通りがかりの客が興味深そうに覗きこんできた。

「ペソってなんだい」

「知らないのかい」ぼくはにんまりと応えた。「ニカラグアとかアルゼンチンとか」

フードコートは軒並み閉店していた。アンドロイドにとって食べものは嗜好品だが、ここにはギャンブルというそれ以上の嗜好がある。だから人気がないのかもしれない。

レストランの暗い店内を覗くと、放置されたテーブルに埃《ほこり》が厚く積もっていた。豪奢《ごうしゃ》な内装と音楽のなか、人の気配だけがない。不気味と言えば不気味な光景だった。

開いているファストフード店をユーセフが見つけ、ぼくらはありったけのピタ・サンドイッチを買いこんでリュセのもとへ戻った。鮮度が心配だが贅沢《ぜいたく》は言えない。

すでに、即席の取引所には列ができていた。

ペソの値段は、基本的に客たちが決める。

売買をしたい客は、まず画面のフォームに売値や買値を入力する。あとは、システムが売り手と買い手をマッチングし、取引が成立したところで、リュセが手数料を徴収するわけだ。

平均取引価格は、もう一つのディスプレイに常時表示してある。

ペソを流通させるために、最初は自分たちも売り注文をしていたが、いったん動きはじめればその必要もない。

「――すごい繁盛！」

リュセが定規を手に叫んだ。ちょうど、新規のペソを発行していたらしい。

「でも、そろそろカジノ側に怒られないかな？」

「クルーにペソを渡しておいた。しばらく大丈夫だ」

ユーセフが買ってきたサンドイッチを広げる。

「この店がなくなると、換金できなくなるからな」

「そろそろ種明かしをしてくれる？　どうして、こんな適当な貨幣が――」

「適当ではない」ぼくは断固として言った。

「一つには」ユーセフが無視した。「為替をフローティング制にしたのが大きい。客同士のギャンブルになるから公平なんだ。もう一つは、単純にギャンブルだということ。為替は賭博でもあるからな。そして、ここにいる客たちはギャンブラーにほかならない。この取引所が繁盛する要素は、最初から整っていたのさ」

ユーセフがここまで話したところで、ペソが高騰《こうとう》し、表示の桁《けた》あふれを起こした。

リュセが紙の切れ端に「e＋1」と書き、ディスプレイに貼りつける。

「手数料は一定額だから、取引額が大きくなれば問題にならない」

「だからって、こんな即席の店、つぶれないとも限らないじゃない」

「客は資産としてペソを持つわけじゃない。この店がつぶれるまでに儲けが出ればそれでいいんだ。そのつもりで見てみると、リスクや参加料の比重は、ほかのギャンブルとそうは変わらない。そして重要なのは――この新しい通貨は、適当であればあるほどいいんだ」

「そうそう」とぼくは頷いた。「なんですって？」

「現実の為替市場は、取引をギャンブルと考える投機家にとって必ずしも快適ではない。通常、通貨の背景には国家による信用がある。だからこそ市場介入があるし、そして為替レートの裏には生身の生活がある。インフレやデフレの幅は、実世界の市場に依存する」

　ところが、とユーセフはつづける。

「ペソを発行したのは無一文者ときた。背景にあるのは国家どころか、たった三人分の飲み食いや睡眠だ。そして無一文者だから、取引を客同士にまかせるしかない。無一文者だから、市場に介入することもできない。極論するなら——信用のない貨幣こそが、投機家にとっては理想的な貨幣なんだ」

　話しながら、ユーセフは手元の一ペソ札で折り紙の犬を作った。

「なるほど」とリュセ。「ところで、充分なお金がたまったけどどうする？」

「決まってる」ユーセフがにやりと笑った。「カジノ中の金をかき集めるんだよ」

　ペソの流通に伴い、いくつか要望が上がってきた。たとえば、オプションといった金融商品を第三者が売るためのＡＰＩの公開。こうなると、新たにシステムを拡張しなければならない。ぼくは拡張にあたり、顧客にインタビューを試み、過去の取引ログを確認した。

　意外なことに、最初期のペソは「紙が珍しくて面白い」という理由で売れたようだ。何がきっかけになるかなど、わからないものだ。そこにハイローラーたちが目をつけ、遊ばせているチップの運用にペソがうってつけだと考えた。

買い注文が先行し、ペソの価値は上昇した。

充分なペソがフロアに行き渡ったころには、最初の十倍の価格で取引されていた。

この時期、ビジネスチャンスと見たアンドロイドたちによって、雨後の筍《たけのこ》のように新しい通貨が発行された。しかしペソが先行して普及したのに加え、新通貨にはペソのような適当さがなかった。それぞれに優れたアイデアを持ちながらも、自由貨幣であったり、時間通貨であったりと、新たな売りを作るために複雑な仕組みを取り入れたものが多かった。

ほとんどの新通貨は頓挫《とんざ》し、リュセがすかさずそれらを合併吸収していった。

ここまでが、開始から約一時間の出来事。

偽札《にせさつ》や闇《やみ》両替商の摘発も忙しくなってきた。

この段階で、ぼくらは船内の紙をすべて買い占めた。

紙がなくなったところで、あるアンドロイドが画期的なサービスを開始した。カジノのチップに、直接新通貨の額面を刻印するというものだ。強敵が現れたと思ったが、サービスの提供者がチップ改造のかどでクルーに連れ去られた。以来行方は杳《よう》として知れない。

予想屋の類いがいくつも開業してはつぶれていった。金融工学をベースに的確な予想をすると銘打った店も現れた。これは、ユーセフのかつての専門領域だ。ユーセフは「手洗いだ」と言い残し、手洗いとは逆方向の予想屋に直行して戻ってきた。

「どうでしたか」ぼくは訊いてみた。

「それらしい数式を並べ立てられた」ユーセフが答えた。「だが、まがい物だ」

顔には、がっかりしたような苦笑が浮かんでいた。

ときどきぼくは思うのだ。この男は、いずれ金融業をやめて研究に戻っていくのではないかと。

ここまでで、およそ二時間半。

カジノ客のおよそ一割が無一文となり、ユーセフが機体を買い叩いて自己消去プログラムを走らせた。そろそろ潮時《しおどき》に思われたので、ぼくらは事業の売却に動きだした。いずれは船を去るわけだから、これまでのお客様のためにも、サービスを誰かに引き継いでおきたい。というより、プラスアルファでもう一稼ぎしたい。できるなら船に買い取ってもらえれば一番早い。

ところが、調整に難航しているうちに、額面上の総資産が船の全資産を超えた。

そして、何事も勝ちすぎは破滅を生む。勝つと差が生まれ、必要以上の差は、開き直りへと発展する。やがてクルーの一人がやってくると、船側と最後の勝負をするように通達してきた。

ペソによる破産者も多く、もうハウス側としても面倒を見きれない。それ以上に、チップの価値やブランドイメージの低下も彼らには問題だった。

「もし断ったら？」念のためぼくは訊いてみた。

「不幸な事故が起きて換気サイクルが停止します」クルーは無表情に答えた。

＊

無数のディスプレイが壁面いっぱいに並んでいた。監視カメラの映像だ。カメラは客の動きに応じて自動で動くらしく、せわしなくパンニングやズームが繰り返されているのがわかる。

訊けば、船内のチップの動きもトレースされているという。

「すると、客ごとの戦略の解析なんかもなされるのか」ユーセフが感心して訊ねた。

「もちろんです」クルーが答える。「イカサマの疑われる怪しい動きがあれば、すぐにアラートが出る仕組みです。客同士の通しサインも判別できます」

「え」とぼくは声を上げた。

二人の目がこちらを向く。

「警備室か……」ぼくは話題を変えた。「ＶＩＰルームがよかったんだけど」

「メッセージだろう。船側が覗き見をしないというな。だが、やりづらいな」

船側がアナウンスをしたせいで、即席のゲームルームはすでに見物客でいっぱいになっていた。

対戦相手のディーラーも到着していないのに、ドア付近にまで立ち見客が詰めている。やりづらいのは、ここにいる人間がぼくら二人だけだということだ。それも、アンドロイドに対する金貸し。早い話が、敵だ。頼みのリュセは店番をしている。

ぼくらを案内したクルーが、「はじめましょうか」と口を開いた。

「ルールを確認しましょう。種目は一対一のセカンド・アベニュー・スタッド」

先にチップがなくなったほうの負けで、船側が勝てば、ぼくらが稼いだ全資産は船のものとなる。

逆にこちらが勝てば、勝ちを上乗せして帰ることができる。

「チップはどうする」面倒そうにユーセフが口を開いた。「そちらはハウス側だから資金は無尽蔵にあるし、その点ではこちらも同様だ。何日かかるかわからないぜ」

「これを使いましょう」

クルーが見覚えのあるチップを取り出した。嫌な予感がした。

チップを受け取ると、裏に〈肝臓〉と書かれていた。

「最初にお貸ししたものは返済されたと見なし、新たに十枚ずつ三十パーツ、計三百枚を用意しました」

「いいだろう」ユーセフが即答する。

「あの」

「こちらも同じ枚数を用意します。お検《あらた》めください」

ハウス側のチップは、〈機関部〉〈主翼部〉などにパーツ分けされていた。勝てば船がもらえる、ということらしい。ぼくの値段もだいぶ高くなったものだ。

「ディーラーは、当館のオーナーが務めます」

ぼくは声を上げそうになった。

テーブルの向かいに立ったのは、正装したルーシャスなのだった。その額に、音もなく横一文字の亀裂が入っていく。ゆっくりとその亀裂が上下に開き、やがて第三の目が姿を現した。

「きみは……」

ルーシャスはそれには応えなかった。

開始早々から負けがつづいた。

もとより、大きなものを賭けすぎると手が縮まるものだ。ブラフは見抜かれ、勝負手では降りられてしまう。じわじわと、チップは減っていった。このチップがなくなったらどうなるのか。考えたくもなかった。次第に、参加料のみを支払って降りるケースが増えてきた。

実感のないままに〈腎臓〉が半分失われた。

腹の立つことに、ルーシャスはどう調達したのか左腕も元に戻っている。

勝てる気がしない。なかばやけくそで、相手に渡すカードの背に爪《つめ》で印をつけてみた。やってきたカードを見て唖然《あぜん》とした。まったく同じ印が、背に刻まれていた。最初の一巡でぼくは降り、カードを数枚握りつぶした。

「一息入れさせてくれ」ぼくは音《ね》を上げた。

どこかで仕切り直さないとまずい。

やたらと豪華な洗面所にこもり、顔を洗った。戻りたくないので、もう一度顔を洗う。チップが手元にあるだけで、ものすごい勢いで減っていきそうな気がするのはなぜだろう。

持ってきたカードを検めてみる。

心証では、ルーシャスはフェアプレイをしている。イカサマを仕掛けてくるときは、必ずぼくの側も仕掛けている。おそらく、それがルーシャスなりのルールなのだ。だが、そう言っても相手はハウス側。どんな仕掛けだってできる立場なのだ。イカサマ用のカードを使っていない保証もない。でも、カードの背の紋様はまったく一緒だ。

破いてみる。

なんのからくりもない。普通のカードだ。ＩＣも入っていない。

考えてみれば、仕掛けるにしても証拠の残る方法を採るはずがない。残る可能性は、部屋に仕掛けられた小型カメラや、観客からのサインだろうか。だとして、それは看破可能なものなのか。

このときノックの音がした。入口でユーセフがこちらを見ていた。

「ひどい顔だぞ」

「洗ったんですけどね」

軽口が冴《さ》えないのが自分でもわかる。

「気がついた点はありますか」

「……見た限りでは、サインのやりとりはなされていない。破産者のアンドロイドを使って無線を監視させているが、カメラや暗黒網《ダーク・ウェブ》が使われた形跡もない」

「するとなんです」

「ルーシャスがおまえより優秀だということだ」

訊かなければよかった。

「……ポーカーって、コツとかないんですかね。経済学は抜きにして」

知るものかと怒られるかと思った。ユーセフはしばらく考えてから、

「〈ポーカーの基本理念〉という概念がある。これはデビッド・スクランスキーが著書で提唱したもので、多くのポーカー理論はこれをベースにしている」

「最初に教えてくださいよ!」

「ざっくり説明すると、この理念には大きく二本の柱がある」

一、すべてのカードが見えている状態と同じようにプレイできた場合は、勝負に勝つことができる。
二、すべてのカードが見えている状態と異なるプレイを相手にさせられた場合は、勝負に勝つことができる。

「そりゃそうですすよ!」

ぼくが叫ぶと、ユーセフはゆっくり唇の端を歪《ゆが》めた。

「その調子だ。……やれそうか?」

「ちっともです」

ぼくは苦笑しながら応える。ユーセフは頷くと先に出ていった。洗面台の横に、見覚えのある紙切れがあった。手に取った。誰かが忘れたとおぼしき、一ペソ札だった。

——しょうがない、最後の仕掛けだ。

見えているから不利になるということも、現実にはある。

*

一対一の勝負。テーブルについているのは、ディーラーとぼくだけだ。それを、ほかの客たちが遠巻きに観戦している。その全員がアンドロイドだ。

いまさら、ギャンブルに嵌る人間など少ない。たぶん、ぼくらは経験主義を捨て、合理的になりすぎたのだ。

〈心肺〉と書かれたチップを手に取った。それを横目に、ディーラーが咳払いをする。

「よろしいのですか」

「仕方ないだろ。ほかのチップは使っちゃったんだ」

再生医療も臓器移植も、どうせぼくには縁がない。賭けて取り戻すよりないのだ。腎臓は十枚のうち五枚を使ってしまった。脾臓や胃に至っては、すでに一枚もない。

膵臓は九割を切り取っても機能するとユーセフが言うので、十枚のうち九枚を賭けた。いまになって話の信憑性が気になってきたが、確認が取れたところで膵臓が戻ってくるわけでもない。

「レイズ」ディーラーが宣言して、数十枚のチップを場に出した。

「やれやれだな」

手札はフルハウス崩れのスリーカード。とても勝てそうにない。しかしこの先、これ以上にいい手が入るのか。入ったとして、相手が勝負をしてくれるのか。イカサマでもできないかと思ったが、まず無理だ。後ろには観戦者がいるし、ディーラーは三つの目でこちらを凝視している。

ぼくは頭を抱え、耳の裏を掻《か》いた。

前にルーシャスと取り決めたサインの一つだ。——ハ、ー、ト、の、ス、ト、レ、ー、ト、フ、ラ、ッ、シ、ュ。

「勝負するよ」

心臓、大腸、脳、血管。ぼくは残されたチップを全部押し出す。

「よろしいのですか」

「いいも悪いもないだろ」ぼくは完全に開き直っていた。「やっぱりやめますと言えば、金を返してくれるのか？」

「なぜあなたがこの場にいるのか不思議です」

「レイズだ」

宣言して、テーブルに先ほどの紙切れを放った。ルーシャスが露骨に嫌な顔をした。

「ペソは扱わない約束です」

「そうなのか？」

「こちらが受け入れるのは、あなたがたのパーツのみです」

「……その言葉を待っていたよ。裏を見てみな」

ルーシャスが怪訝《けげん》そうに紙を裏返す。こうあった。

借用書　臓器一セット　ユーセフ・ランスロー

「おい！」とユーセフが叫ぶ。

死なばもろとも、いつものお返しだ。

「で、どうする」ぼくはすっかり開き直っていた。「コールか？　ドロップか？」

「こちらは船も賭けています。コールしたくても資産がない」

「きみ自身がいる」

「いえ……」ルーシャスは明らかに困惑していた。「連れのかたの同意もなされていないようですし……」

ユーセフは頭をかきむしっていたが、腹を決めたのか、まっすぐにぼくを見た。

「企業理念」

ちょっと怖くて表情が確認できない。はい、とぼくは目を逸らしながら応えた。

「わたしたち新星金融は、多様なサービスを通じて人と経済をつなぎ、豊かな明るい未来の実現を目指します。期日を守ってニコニコ返済――」

「その意気だ」ユーセフがぼくを遮った。「根こそぎ、むしり取ってやれ」


ルーシャスの動きが止まった。

何度も、コール、と言いかけてはやめる。確信が持てない様子だった。――そうとも。もとより、大きなものを賭けすぎると手が縮まるものだ。ブラフは見抜かれ、勝負手では降りられてしまう。相手もそれは同じなのだ。一分が過ぎ、二分が過ぎ、観客たちがざわめき出した。

ユーセフがまた唇の端を歪めた。

「時間制限を決めるべきだったな。この際だから、材料を一つ増やすか」

「……なんです」ルーシャスが力なく応える。

「ここまで来たら一つしかない。おまえがやっている論文テロのことだよ」

「え?」とぼくは訊き返す。「いや、なんでもないです」

「論文汚染を起こしたアカウントは〈三つ目〉だったな。まあ、三つ目のアンドロイドはたまに見かけるが、カジノを丸ごと所有するような資産家はそういない。で、現状なんだが、リュセがクルーにペソを渡して通報させた。いま、二番街の警察がこちらに向かっている」

待て。それなら、なぜぼくは自分のパーツを賭けて勝負しているの。

「この船も魅力的だからな」ユーセフが先回りしてぼくの疑問に答えた。

ルーシャスはなかば放心しながら、指先でチップを転がしていた。

「いつ、何をきっかけに……？」

「もとよりリュセはこの件を追っていた。で、おまえを怪しんでいたわけだ。事故が起きたとき、やたらとおまえにこだわっていたのも、それが理由の一つだ」

ユーセフはつづけて言う。

カメラの映像から戦略を解析できるように、当然、犯行パターンや使われたウイルスも解析され、おおよそのあたりはついている。結果、ルーシャスが容疑者の一人となっていたが、資金源がわからないことから推測の域を出なかった。

「ところが事故があったとき、この船が都合よく助けに来た。それは、要するにおまえの船だったからだ。乗りこんだあと、リュセはこの船とオーナーのことを調べた」

しかしだ、とユーセフは首をひねる。

「なぜ新星金融から金を？」

「現に、そのおかげで疑われなかったではないですか」ルーシャスが口角を歪めた。

「それに、保険です。事故があったときには、あなたがたがやってきてくれた」

「ふむ」

「ペソの仕掛けはこのために？」

「いや、そのアイデアはぼくが――」

ユーセフがぼくの後頭部を小突《こづ》いた。

「船を乗っ取るくらいの資金を集めれば、おまえと直接話もできるだろうしな」

「それで……」

ルーシャスの表情が崩れた。見たくないものを前にでもしたように、第三の目が細められる。性能がよすぎて、ポーカーフェイスになれないのも考えものだ。

「なぜいまこの話を？　犯行をやめろと？　でも、わたしは捕まるのでしょう？」

「逆だよ」ユーセフがにやりと笑った。「ペソ売買の途中に、自己消去済の機体をいくつか手に入れた。つまりこうだ。勝負を降りれば逃がしてやる。おれとしても、自分の身体まで賭けたくはないからな。あとは、ときたまこちらが指定する論文を汚染させてくれればいい」

さて、とユーセフが間を置いた。

「だいたい結論は出ていると思うがな。勝負か？　取引か？」

「証拠は充分とは言えないし、通報もたぶんされていない。あなたのブラフです」

「どうかな。だが、いままさに証言が得られた」

ルーシャスは悩む素振りをした。

　ぼくが考えていたことは一つだ。開き直って勝負と言われたらどうしよう。だがルーシャスは手札を崩すと、取引《ディール》、と小さくつぶやいた。札がめくれて見えた。フルハウスだった。

＊

「エレベーターの修理は終わったそうだ。シャトルは明日の便を押さえた」

　シャワーから出ると、ちょうどユーセフが内線を切ったところだった。場所は〈ベガス〉の一室だ。警察など当然来ておらず、ぼくらはひとまずチェックインして送迎を待つことにした。そのあいだユーセフはずっと優しく、シャワーの順番を譲ってくれさえした。

　ぼくは戦々恐々としながらシャワーを浴びた。で、いまに至る。

「説明してもらおうか」ユーセフが口を開いた。「何しろ、最初の時点でコールと言われればそれで終わりだった。だが、結果としてコールはされなかった」

　ぱさぱさのピタ・サンドイッチをぼくは頬ばった。

「……経験主義の原則です。以前、ルーシャスはイカサマを使ってぼくを出し抜いた。そのときと同じようにサインを出され、結果、合理的な対処ができなくなった」

「経験と言うなら、人間のブラフくらいこれまで充分に学習していないか」

「あのカジノに人間はいませんでした」

「たった一回の成功体験を経験とは呼べない」

「ぼくは、すべてのゲームでサインを出していたんです。だから、途中でかなり負けがこんだわけなのですが」

「呆《あき》れたな。洗面所に立ったのも演技か」

「踏んぎりがつかなかったんです。うまくいく保証もないし」

まったく、こんなことは金輪際《こんりんざい》ごめんこうむりたい。

「ですが、そこでぼくは閃《ひらめ》きました。地獄への道づれを作れば、気が楽になると」

「そうか」ユーセフが会心の笑みを浮かべた。

「そうです」ぼくも会心の笑みを浮かべた。

ユーセフが全力でぼくの腹を殴った。悶絶《もんぜつ》しながら、ぼくは口を開く。

「ルーシャスはどうなりましたか」

「どうもこうも、変わらずだ」

あれから、ルーシャスが機体を借りることはなかった。かわりに船の回線に自らを接続すると、ゆっくり目をつむった。——以降、ルーシャスが起きることはなかったのだ。完全な故障とも違った。駆けつけたリュセがプローブやテストリードをあて、精神活動があることを確認したからだ。

それから、地上と交信したクルーがニュースを伝えてきた。

論文汚染が止まり、復元がはじまったということだった。ルーシャスが何かをやったらしいまではわかったのだが、方法も目的もわからなかった。

リュセはつきっきりでバルクデータを解析し、一つの結論に至った。

「……マッチングしているのだと思う」

リュセが言うには、ウイルスによる論文のリポジトリの破壊は不可逆的で、修復するにはルーシャスの記憶に頼るしかない。そこでルーシャスは自ら人間のネットワークに接続し、データの復元をはじめたらしいのだと。

「なぜだ。そんな約束はしていないぞ」

「逃げられないとわかったので、良心に従うことにしたのでしょう」

「で、なんでこいつは眠ってる」

「三原則。普通ならアンドロイドはウェブにアクセスできない。そこでルーシャスの自我は、プロテクトを破るのとは別の方法を採った。つまり、アンドロイドであることをやめた」

ユーセフは首を傾げていたが、ぼくにはなんとなくわかる気がした。

ルーシャスが仕掛けるのは、相手も仕掛けている場合。ルーシャスという個体の性格は、ある意味で潔癖なのだ。そして潔癖だからこそ、ときに行動が極端になる。

「まあいい」ユーセフは考えるのをやめたようだ。「テロの動機はなんだったんだ」

「たぶん、これだと思う」

そう言うと、リュセはタブレットを渡してきた。論文のファイルが表示されていた。


二番街砂漠地帯における感染症の推移モデル——定性的微分方程式論と応用

「論文の復元がはじまると同時に、これがリソースから削除された」

日付は五年前。ルーシャスの修士論文のようだった。

「うむ……」ユーセフが唸った。「ずいぶん真面目な内容だな」

「そのデータは捏造《ねつぞう》」

「なんだって?」

「時期が悪かった。このころ彼は貯めたお金で高等教育を受け、その後の求職活動をしていた。同時に、研究に目をつけた企業からは早急な結果を求められていた。それで、時間に追われていたみたい」

だから、とリュセはつづける。

「このことをルーシャスはずっと気にしていた。ところがこの論文が評判を呼んであちこちで使われはじめ、撤回できなくなった。だから——木を隠すなら、森のなか」

——捏造を隠すなら、論文汚染テロのなかということか。

アカデミズムが自ら生み出した問題だとリュセは言う。

彼女はこれからルーシャスを解析して、同様の働きをするソフトを開発するそうだ。

そして完成の際には彼を起こし、場合によっては研究に戻れるようにすると。

このほかにも、まだ船内でやることがあるという。それで、ぼくらは別々にチェックインをした。

問題は、ルーシャスがぼくらから金を借りたままだということだ。

「——取り立て、どうしましょうね」

ぼくは髪を乾かしながらユーセフに訊いた。

「あの通り、本人は眠ってるままだし」

「決まってる。おまえがこの状況を作ったんだ」

かわりに払え、ということらしい。

まあいい。ある程度は覚悟していたことだ。それに、いまのぼくは億万長者なのだ。

「しょうがない。余ったペソを売って、それで二番街に帰りましょう。そろそろ、スメルジャコフにも水をやらないと」

「……ところが、悪いニュースがあるんだ」

「なんです」

「リュセが儲けを全部持ってシャトルで逃げた。伴い、ペソは大暴落だ。いまは紙屑《かみくず》同然で取引されている」

——あの女。

スペース珊瑚礁

Memento Caretaker

室内には昼夜も慈悲もない。

かわりに、薄ぼんやりとした人工の灯《あか》りが、埃《ほこり》の積もった棚《たな》を照らしている。棚に並んでいるのは、古い紙の本や見たこともない標本、どこの星系のものともわからない惑星儀の類《たぐ》い——そして、有象無象《うぞうむぞう》の拷問具《ごうもんぐ》だ。たとえば、苦役《くえき》の木琴《もっきん》。サマルカンドの白粉《おしろい》。異端者のカメラ。何を目的とした道具か見当もつかないものもあれば、一目見ただけで用途が想像できてしまうものもある。すべて、実際に使用されてきたものだ。ただし人間にではなく、アンドロイドに対して。

どこからか隙間風《すきまかぜ》が吹き、舞い上がった埃がちくりと鼻腔《びこう》を刺した。

前を歩くユーセフが、棚の一角に手を伸ばす。深海鼬《しんかいいたち》の標本が一つ、上下を間違えて逆さに置かれていた。ユーセフはそれを元に戻すと、ぼくを一瞥《いちべつ》して「行くぞ」と低く言った。また埃が舞った。応《こた》えるかわりに、大きなくしゃみが出る。

「風邪《かぜ》か?」

「……風邪だったら、休ませてもらえますか」

「馬鹿言え」

ユーセフは振り返りもしない。その背に向けて、ぼくはこっそり舌を出した。

いまぼくたちがいる場所は、〈セルジュ博物館〉の離れにある収蔵庫の一つ。博物館はセルジュ自治諸島の観光の目玉なのだが、所蔵品はとても展示しきれる数ではない。縦《たて》に積めばゆうに低軌道は超えるという噂《うわさ》で、真偽はともかく、多すぎる収蔵品の大半は、適切な保存管理もされずにこうやって眠ったままとなっている。

所蔵品の趣味が悪いのは、収集した富豪が差別主義者であったからだ。

富豪はどこの領海でもない珊瑚礁《さんごしよう》に人工島をいくつか造ると、自治政府を立ち上げて新たなタックス・ヘイヴンとし、収集していた惑星中のお宝を運びこんだ。それが、いまから一世紀ほど前のこと。建前上は、人とアンドロイドの負の遺産を記憶にとどめるため。本音については、言うまでもない。以来、博物館は各地から集まった差別主義者の人間やら公民権運動に携わるアンドロイドやらでごった返している。

ユーセフが歩きながら訊《き》いてきた。

「棚の道具が怖いか」

「怖いです」正直に答えた。

「……本館の展示品には、もっと危ないものがあるぞ」

「危ないもの?」

　ぼくが訊《たず》ねたところで、

「誰かいるのか?」

　奥から低い声が響いた。

　声の主は、ドネル・ダニエル＝ルシュール。この収蔵庫を番するアンドロイドだ。埃の積もった机で、灯りもなしに古いハードカバーの本に目を落としている。そのドネルが、何気なく顔を上げた。穏やかな面持《おもも》ちだ。――普段は、こんな顔をする個体であったのか。

　その顔が、寒い日の窓ガラスのように、みるみる曇《くも》っていった。

「職場には来ないでくれと……」

「入金が確認できなかったんでな」

　ユーセフは冷たく応えると、「おい」とぼくのほうを向いた。

「企業理念」

　はい、とぼくは上擦《うわず》った声を上げる。

「わたしたち新星金融は、多様なサービスを通じて人と経済をつなぎ、豊かな明るい未来の実現を目指します。期日を守ってニコニコ返済――」

　ここまで暗唱したところで、相手の呻《うめ》き声に遮《さえぎ》られた。

「給料が出なかったんだ。同僚が所蔵品を持ち逃げして、連帯責任だとかで――」

喋《しゃべ》りながら、ドネルはちらとユーセフを窺《うかが》った。

ユーセフは何も応えず、相手の出方を見ている。

「ほかに仕事のあてもない。だから――」

ドネルはつづけたが、それきり黙りこんでしまった。気まずい沈黙が覆《おお》った。ユーセフがドネルに向けて、小さく顎《あご》を突き出す。押さえろという合図だ。

頷《うなず》いて、ドネルの背後に回って両手を押さえる。

「やめ――」

ユーセフの手元を見たドネルが震え出した。

いつの間に、棚から持ってきていたのか――ユーセフが手にしているのは、あの拷問具の白粉だった。

「ないんだ！　本当に払える金がない！」

相手の訴えを無視して、ユーセフが白粉の蓋《ふた》を開ける。

何もしないうちから、ドネルはすっかりまいってしまっていた。

「払うよ……」弱々しく、そう口にする。

「わかればいいんだ」

ユーセフは天使のような笑みを浮かべ、ぼくの肩をぽんと叩《たた》いた。ぼくはドネルを離す。支払いがなされた。返済は、ウェブを使えないアンドロイドのための電子財布デバイスから。気の毒なアンドロイドは床《ゆか》に崩れ落ちると、あろうことか泣き出してしまった。

「いつまで目を背《そむ》けてる。行くぞ」

「はい」我ながら、返事だけは威勢がいい。

ぼくは棚に目を向けた。並べられている道具は、人間たちが快楽のために用いてきたものだ。元の持ち主は、半端《はんぱ》な金持ちが多かったとユーセフから聞かされたことがある。いわく、本当の金持ちはアンドロイドの虐待《ぎゃくたい》などしない。彼らは、人間を買うのだと。それで言うと、ぼくは間違いなく買われる側だ。

博物館を建てた富豪は、その場所を新世紀の驚異《ヴンダーカンマー》の部屋と銘打《めいう》った。いったい何が驚異なものかと思うが、それはさすがに言いがかりだろうか。

ユーセフはもう足早に歩き出している。

置いて行かれまいと、ぼくは足を速めた。今日中に、あと七件の取り立てをやらなければならないのだ。

ちらと振り向くと、ドネルはへたりこんだままだった。

アンドロイドの拷問具の収蔵庫を、当のアンドロイドが番させられている。このことを、ドネルはどう受けとめているのだろう。一瞬、そんな思いがよぎったが、考えることはやめた。かかずらっては身が持たない。死んだ債務者だっている。どのみち、彼らが何を考えているかなどわからないのだ。興味を持たないこと、きれいさっぱり忘れること——それが、この仕事を長くつづけるコツだ。

収蔵庫を出た。

眩《まぶ》しさにぼくは手をかざす。潮《しお》の香りが鼻を衝《つ》いた。青く輝く海が、埠頭《ふとう》によって直線に区切られている。海上には、マリンスポーツに興じる観光客の姿も見えた。色とりどりの船の帆は、まるで砂糖菓子のトッピングだ。ユーセフは興味もなさそうに、潮風のなかを歩き出す。

ゆったりしたポップスがどこからか流れていた。

居心地の悪さのようなものを感じ、ぼくは追いついて肩を並べる。ドネルと同じ、穴蔵《あなぐら》の住人なのだ。ぼくも、そしてユーセフも。

もう一度海を見てみた。

大小の六角形からなるブルーグリーンの珊瑚の群れが、淡く、遠浅の海に広がっていた。珊瑚礁とは言うものの、古代地球の珊瑚とは似ても似つかないと聞いたことがある。地球の珊瑚がどのような姿をしているかをぼくは知らない。それが自然物であるのか、ナノマシンであるのかも。いま、目の前にある惑星がぼくの故郷で、そしてすべてになる。

人類が最初に移住に成功した太陽系外の星――通称、二番街が。

(聞こえますか……聞こえますか……)

ぼくたちはなんらかの乗り物に乗って、後ろへ流れる夜景を眺めていた。

隣りの席にいるのはユーセフだ。どうしたわけかぼくらは打ち解け、最高の冗談でも聞いたみたいに笑いあっている。もちろん音楽もかかっている。なんらかの、最高の音楽が。

物憂《ものう》げに空を見ていたユーセフが、急に神妙な顔をして、これまで悪かったな、とぽつりと謝ってきた。その一言で、寛容なぼくはこれまでのいっさいを水に流した。

(いま……あなたの心に……直接……呼びかけています……)

なんだようるさいな。

(馬鹿な夢を見ている……場合では……ありません……)

そう言うなよ。いま、いいところなんだ。

(整形外科へ行くのです……)

「整形?」――特に困っている点はないんだけど。

(いいですか……整形外科へ……行くのです……)

「待ってくれ。きみはいったい?」

――自分の声で目が覚めた。

黄色く汚れた天井が目に入る。もちろん音楽も夜景もない。窓の外には、隣りの建物の壁が見えるだけだ。セルジュ自治諸島に、ただ一軒だけある安宿の一室だった。来る前、どうせならもっといい部屋に泊まりたいとユーセフに不平を言ったのだが、それならおまえが手配しろということになり、ぼくは十五秒ほど悩んでから安宿を手配した。ぼくは自分のこの性格をなんとかしたい。

遠くで波が砕ける音がした。

窓際《まどぎわ》に、坐《すわ》って仕事をするユーセフの姿がある。目が覚めるなり、なんだか憂鬱《ゆううつ》な気分にさせられた。前に、生活健康課から配られた資料を思い出す。〝眠りは浅いほうですか〟〝目覚めの気分は悪いですか〟〝七つ以上あてはまるあなたは、生活健康課まで〟――一度、足を運んでみるのもいいかもしれない。くしゃみが出た。

「おう」とユーセフが手を止める。「いい夢見たか」

「ぼく、寝てるあいだ何か言いました？」

「いや？」ユーセフは怪訝《けげん》そうに首を振る。

ぼくは首を傾《かし》げ、それから買ったばかりの端末をたぐり寄せた。端末は眼鏡型《めがね》で、「昔ながらのウェアラブル・コンピュータ」をコンセプトにデザインされたものだ。道を歩いていると奇異の目で見られたりするが、自分ではわりと気に入っている。

ユーセフからチェック待ちの報告書が届いていた。

それから、最近凝《こ》っている占いのプッシュ通知が一件。


〝ヤドカリ座のあなたはアンラッキーデー。でも、周囲の人に目を向ければ、幸せに思えることはたくさん転がっています！　ただし、人のために動きすぎて間が抜けぬよう。ファッションは、自分らしい服装が吉。デートは映画館や博物館以外で〟


なんだか余計なお世話な気もするが、そういうところがいい。それに、この占いはよくあたるのだ。最後の一文に少し不安を覚え、ユーセフに訊ねてみた。

「今日、あの博物館へ行く予定ってありましたっけ」

「また占いか？」

ユーセフが原生生物を見るみたいな目をしたので、ぼくは何も訊かなかったことにした。別にかまわないじゃないか、占いくらい。

ため息をついて報告書を開く。内容は、昨日の取り立てについてだ。

見ると、「場所」の欄がすべて適当にごまかされている。これは法律上、自治領であるセルジュ諸島では取り立てができないかららしい。でも、舐《な》められたら終わりの商売。「宇宙だろうと深海だろうと、核融合炉内だろうと零下一九〇度の惑星だろうと取り立てる」だなどとユーセフは言うが、あながち嘘《うそ》や誇張じゃない。

このあいだなどは、地中のマグマに棲《す》む知的生命から取り立てをすることになった。なんでそいつが金を必要としていたかは知らない。とにかく誰だって金は必要だ。ぼくらは暑さにうめきながら三日三晩かけて相手を追い詰め、そして取り立てを終えて地上に出てみたら惑星の反対側にいた。マグマに入るだなんて知らされていなかったぼくは旅券すら持っておらず、ユーセフはぼくを置いて早々に空路で帰社した。なんとか旅券を取得したぼくはヒッチハイクでの帰社を試み、道中、山賊と遭遇したり辺境の独立戦争に巻きこまれたりと散々な目にあった。

「……チェック、終わりました」

「おう」

今回は十一件のうち八件が、アンドロイドからの取り立てだった。バクテリアだろうとエイリアンだろうと、返済さえしてくれるなら融資をする。そのかわり高い利子をいただきますというのが、うちの方針だ。

大手はアンドロイドに貸しつけをしたがらない。危険度の高い職につくことが多いからだというが、実際は根強い差別によるものだとも聞く。そのおかげで、ぼくも失職せずに済んでいる。何がよくて何が悪いか――そんなことは、とうにわからなくなっている。

「それよりおまえ、ちゃんと返せるんだろうな」

「へ？」

間の抜けた返事をすると、ユーセフが手元で何かを操作した。

眼鏡が映し出す目の前の空間に、ぱっと借用書が現れた。見ると、ぼくがユーセフから金を借りたことになっている。契約時刻は昨日の深夜で、額面はだいたい家一軒ぶんほど。

署名もなされた、法的に有効な文書だ。

「なんですこれは」軽い気持ちで応じた。「ユーセフさんが、こんな冗談……」

「冗談だと？」

「そりゃそうでしょう。どこの誰が、こんな悪魔から金を借りようだなんて――」

悪魔が襲いかかってきた。

ぼくは華麗に身をかわし、横の壁に頭をぶつける。自慢の眼鏡をかけ直すと、ユーセフから動画が送られてきた。――ぼくが映っていた。

卑屈に礼を言いながら、借用書に署名をしているところだった。

「え？」

事態が呑《の》みこめずにユーセフを窺った。相手の顔は真面目《まじめ》そのものだ。だんだんと、胃が縮まってきた。もう一度、借用書を確認してみる。利息の欄を見た。

ぼくは気を失ってベッドに倒れた。

空は憎たらしいくらい晴れている。

深呼吸をすると、朝の大気が身体全体に染み渡るようだ。ついでに借金のことも忘れてしまいたいが、もちろんそういうわけにもいかない。

ぼくは海沿いにファストフード店を見つけ、そこで朝食を摂《と》ることにした。とにかく一人で状況を整理したいので、ユーセフとは宿で別れてきた。

時間が早いためか、店内はまだ空《す》いている。

サングラスをかけた白髪《しらが》の老人が、ゆっくりとフライドポテトをつまんでいた。なぜだろう、なんだかとても羨《うらや》ましく感じる。

いらっしゃいませ、と二つの声が重なった。

店員は人間が一名とアンドロイドが一名。ぼくはアンドロイドのほうを選んで注文カウンターについた。人間の対応を好む人もいるが、わかっていないと思う。こういう場所は、機械的であればあるほどいいのだ。

ほかに待つ客もいないので、じっくりとメニューを眺める。

決断し、おごそかに口を開いた。

「チリバーガー十六個」

「え？」と店員が言った。

「え？」とぼくも言った。

間があった。

「承りました」店員がプロフェッショナルの顔に戻った。「注文はお揃《そろ》いですか」

口が勝手に動いた。「ええ、以上です」

何か変だな、と思いながらぼくは眼鏡をいじって決済した。併せて、目の前に残高が表示される。身に覚えのない大金が振りこまれていた。

席の一つを占め、狐につままれた思いでチリバーガーを食べていると、七個目半くらいでメールが入った。アンドロイドの母、リュセからだ。

〝警告〟と件名にある。

何事かと開いてみると、こんなことが書かれていた。貴殿からの度重《たびかさ》なるセクシャル・ハラスメントのメールには甚《はなは》だ困惑させられている。今後改善が認められぬようであれば、遺憾ながら法的手段に訴える次第である。云々《うんぬん》。

何を勘違いしているのだろうと、メールの送信履歴を確認してみた。リュセに対する求愛の文面が、昨晩、二百五十六通ほど送信されていた。

ぼくは送信履歴を閉じ、チリバーガーの残りを食べた。

「さて」とつぶやく。

何をどうしたものか。

まず、借金だ。金が振りこまれているのはわかったが、貸しつけの時点で利息の二割を引かれている。元が大金なので、この時点ですでに返済が不可能だ。返せるだけでも返したいが、額が額だけに、いまある金を元手に株でもやるほうがましに思える。

逃げる方法はないか。

しかし相手はマグマの内部までも追いかけてくる。

それから、リュセの誤解をどう解いたものか。すでに解きようがない気がするが、何もしないわけにもいかない。だが、とにかく最初に何をするべきかは明らかだった。

ぼくは眼鏡を操作し、島の最寄りの精神科を検索した。


「きみ、これは珍しい症例だよ！」

島に一人しかいないという精神科医は、身を乗り出しながら大きく目を見開いた。

気のせいだろうか、少し嬉《うれ》しそうに見える。

「本当は、ナノ医療科の領域なのだが……」

そう言って、医師は金庫のように大きいディスプレイをこちらに向けてきた。カルテとともに、血液検査の結果が表示されている。

「そのディスプレイは？」

「ブラウン管と言うんだ。珍しいだろう！　それで、きみの診断なんだがね——いやはや、苦労したよ！　なんといっても一千万人に一人という病。よその病院なら、ことによると誤診されていたかもわからないな」

患者の不安を和《やわ》らげようという気が、潔いまでに感じられない。

「いったいなんです」とぼくは恐るおそる訊ねた。

「ミトコンドリア病だ」

「は？」

「ミトコンドリアのことは知っているね」

「もちろんです」とぼくは目を光らせた。「確か、あれです——」

「そう！」と医師も目を光らせた。「古代人類が細胞中に飼っていたとされる真核生物だ。独自のDNAを持ち、人類とのあいだに、ある種の共生関係が築かれていた」

「共生というと……」

「ミトコンドリアは母から子へ受け継がれ、細胞中で我々にエネルギーを提供したり、必要な化学物質を合成したりする。古代におけるミトコンドリア病は、このミトコンドリアの変異などに由来するものだ」

「待ってください」ぼくは口を挟んだ。「ぼくはいまを生きる人間であるわけです」

医師が鹿爪《しかつめ》らしい顔をして頷いた。

「人類はその繁栄の過程で、長寿化のため、ミトコンドリアを遺伝情報を持つナノマシンに置き換える選択をした。そして、この微小の機械を母から子へ受け継いでいるわけだ。ところがだ――ナノマシンのあるところに、ナノマシン病あり」

嫌な予感がしてきた。

「ごくまれに、この機械は変異して暴走を起こす。きみの場合は、ナノマシン群のネットワークが独立した意思を持ち、宿主《やどぬし》をコントロールしはじめていると見える」

ええと。

「さらっと言わないで欲しいです」

「きみは運がいいほうさ！　嘘か本当か、朝起きたら身長が十メートルの巨人になってたという報告もあるくらいでね。そうだ、ぜひ明日もまたいらっしゃい！　待てよ、ちょっとドアが小さいな……」

「あの――」

「ともあれ、この一連のナノマシンの暴走を、我々は便宜上《べんぎじょう》ミトコンドリア病と呼んでいるわけだ。言うなれば、人類の傲慢《ごうまん》さの犠牲《ぎせい》というわけさ！　どういう症状が出るかは、実際のところ、なってみるまでわからない。しかし――いやはや、これは実に珍しい！」

「それで」とぼくはやっと肝心なことを訊けた。「ぼくの病気は治るのでしょうか」

医師の饒舌《じょうぜつ》が止まった。

(聞こえますか……聞こえますか……)

一つ訊きたいんだけども。

(あ。はい)

勝手に金を借りたり、大量のハンバーガーを買い求めたりしたのはきみか。

(おなかが空いてたので……)

リュセに変なメールを送ったのは?

(我々は自分たちの種《しゅ》を残さなければならないのです。それで、あなたが気にしているらしい異性に……)

ぼくがなんだって?

(しかし我々も理解しました。あなたはオスであるので、母を乗り物とする我々の種は、このままでは次世代に引き継がれません)

もう少し早く気づいて欲しかった。

(然《しか》して、我々も考えました。そうである以上、あなたには性転換をしてもらって、たくさんの優秀なオスたちと交わってもらってですね……)

「ちょっと、あの」

――自分の声で目が覚めた。

黄色く汚れた天井が目に入る。いつの間に戻ってきていたのか、あの安宿のベッドの上だった。傍《かたわ》らで、ユーセフが興味深そうにこちらを観察していた。

「おう。いい夢見たか」

「……ぼくはいったい？」

「病院にかかったおまえは、開発中のワクチンを薦《すす》める医師を殴り倒して逃走した。それから三時間にわたる逃走劇があって、最終的には島の警察がおまえを捕らえ、身元引受人として、おれが呼ばれることとなった」

「あ。はい」

ずいぶんと事態が動いていた。

「おまえを診《み》た医師は、珍しい症例なので博物館に展示するよう求めてきた。しかし人道的なおれは、おまえに金を貸していることもあるので、これは弊社の所有物だからと引き取ることにした」

「ありがとうございます」ぼくは棒読みした。「結局、ぼくはどんな状態なんです」

ユーセフは少し考えてから、

「……蝸牛《かたつむり》の寄生虫のことは知ってるか？」

「知りたくないです」

「ロイクロリディウムという虫なんだが、こいつは鳥の糞《ふん》から蝸牛に寄生し、蝸牛が鳥に食べられやすいよう、脳をコントロールすることで知られている」

「ええと――」

「確かにおかしかった。おまえが突然、性転換の費用を借りたいと申し出るから」

「おかしいと思ったなら止めてくださいよ!」

でも、おまえの性自認のことなんか知らないからな。

そういえば、今日の仕事もまだ何一つやっていない。その旨をユーセフに伝えると、何事もなかったように、やっておいたと短い返事が返ってきた。

毒気を抜かれ、ぼくは曖昧《あいまい》に頷いた。ときおり、この男はこういう面を見せるのだ。そして油断するとひどい目にあわされる。だいたい、ここまででワンセットだ。

ひどい目と言えば、そう。借金だ。

考えてみれば、どうせいいところのない日々。いっそのこと、ロイクロリディウムに身体を明け渡したほうが楽なような気がしないでもない。

そこまで思いを巡らせたところで、すかさず、頭の奥で声が響いた。

(そう! その通りです!)

「うるさいよ!」

「なんだって?」ユーセフがぼくを睨《にら》んだ。

「いえ。でも、どうしてぼくらの祖先はミトコンドリアなんかを置き換えようと？」

「さまざまな病気が克服される。神経膠腫《グリオーマ》であるとかな」

「突然変異のリスクを負ってもですか」

「人間の細胞は世代交代が遅い。だから変異が起きるとしても、何千年か先のことだと考えたんだろう。何千年か前に」

いい迷惑すぎる。

「それに」ユーセフが淡々とつづけた。「仮に危険な変異が起きても、いざとなったら宿主を殺せば済む話だからな」

「ちょっと！」

「まあ、おまえでも寄生虫でもどちらでもいい。とにかく金はしっかり返せよ」

ぼくはロイコクロリディウムのせいにして一発ぶん殴ることにした。ロイコクロリディウムが宿主の危険を察知し、ぼくの手を強制停止した。その間、ユーセフはぼくに位置認識機能つきの首輪を手際《てぎわ》よく取りつけると、次の取り立てに出かけていった。

ぼくは宿のベッドに一人取り残された。

思わぬ自由時間だったが、やることがない。

せっかくだから観光をしてみようかとも思ったが、また警察の厄介《やっかい》になるのも嫌だ。

ぼくはため息をついて、最近の流行《はや》りのソーシャルゲームを起動した。

(だめです……)

またあの声がした。

(遊んでないで、もっと自己投資をするのです……)

ぼくは無視してゲームを進める。

ゲームは古代地球の中国という国が舞台で、プレイヤーは各地の珍しい玉《ぎょく》を集め、玉の霊的なパワーを駆使して闘《たたか》っていく。一番強い玉はなぜか白菜の形をしていて、十億人のうち一人しか所持していないと言われる。

ゲームが開発されたのは、四十二光年離れた別の星。

だから、ソーシャルゲームであるのに四十二年前のプレイヤーと闘うといった事態が起きる。もちろん同期なんかしちゃいないのだけど、プレイヤーの動きは大量のログをもとにエミュレートされ、十ミリ秒単位で正確に再現されると銘打たれている。

だったらぼくが操作する必要もない気がするが、これを言い出すと、だんだん生きる意味とかそのレベルで虚《むな》しくなってくるので、とにかくぼくらは同期して闘っていることにする。遠い星系のことに思いをめぐらせたりもする。いま闘っている相手が、四十二年前のこの人生の無駄遣いをどう振り返るのだろうと考えるのは、精神衛生上あまりよくない。

ぼくはこれに給料の一ヶ月分はつぎこんでいる。いまのところ白菜は見たこともないが、まずまずの玉が集まったと自負している。

一度ユーセフにコレクションを自慢したところ、

「本当におまえは馬鹿だな」

としみじみ言われてしまった。以来、人前でこのゲームの話はしていない。物の価値がわからぬ輩《やから》とは、話が合わない。

（違います、そこは魚形玉を使うのです！）

うるさいなあ。

（ああ、もう！）

声とともに、身体のコントロールを奪われた。目の前で、三日かけても倒せなかった敵が瞬時に撃破される。伴い、ゲーム中のランキングが一億位くらい上がった。

（見てください、ほら……）

「あのだな」ぼくはため息をついた。「こういうことは、自分の力でやることに意義があるんだよ」

（意義？　どういう概念でしょうか……）

どうも調子が狂う。

もう一度ため息をついたところで、ノックの音がした。ぼくはユーセフの襲来に備え、深呼吸をしてから「はい」と答えた。ドアを開けると、意外な相手が立っていた。

リュセとドネルだった。


リュセはぼくを見るなり、冷凍庫のなかに三年前の肉を見つけてしまったみたいな顔をして半歩あとずさった。ぼくが半歩踏み出すと、相手はさらに半歩下がる。

(だめです……嫌われてますよ……)

「誰のせいだと思ってる」

「なんですって?」

「いいえ。それより、どうしたんです? まさか、そちらから訪ねてくるなんて――」

――リュセはアデン大工学部の最年少の教授だ。

二番街のアンドロイドは、多くが彼女の開発したソフトを搭載《とうさい》している。人間でありながら、アンドロイドの公民権運動に参加していることでも知られていて、それが理由で著名な賞の候補にならないとも言われるが、真偽のほどはわからない。ただ、彼女は彼女でパイプをいくつも持っていて、当人は至ってマイペースだ。

通称、アンドロイドの母。

リュセは自分が関わった個体について、綿密な追跡調査を怠《おこた》らない。ときには役所での書類の書きかたまで教えるということだから、アンドロイドからは慕われている。

直近の仕事は、人とアンドロイドの悲恋を描いた映画の監修だとか。

一方で、ぼくらの顧客はその多くがアンドロイド。現場で出くわすことは多く、ほとんどの場合、利害が一致しない。

「彼の話を聞いて欲しいの」

「……返済なら待てませんよ」

「とにかく聞いてあげて」

リュセに促され、ドネルがおずおずと口を開いた。

ドネルが言うには、いまの博物館の仕事をしている限りは、新星金融への利息分の返済すら難しい。そこで、副業としてプロジェクトを立ち上げようと考えている。ついては、追加の融資を願えないかということだった。

「なるほど……」

現状で返済が難しいことは、ぼくもユーセフも本当は承知していることだった。聞くだけ聞いてみたいと応えると、ドネルが小さなメディアカードを手渡してきた。眼鏡に差し入れ、読みこんでみる。

「ソースコードか……」

コンピュータのプログラムだった。

ざっと見たところ、流体力学に関するもののようだが、詳しいところは解析してみないとわからない。

興味深かったのは、そのプログラムから立ち上る匂いのようなものだった。

プログラムというものは無機質なようでいて、書いた人間の匂いを宿す。書き手の癖《くせ》や性格といったものが、表れてくるのだ。ところがドネルが持ちこんだコードは、これまで見たどのコードとも異なる匂いを宿していたのだった。

「これは？」

「わたしたちを動かしているソフトは、常に自動的に改良され、検証ののちにアップデートされています。このことはご存知ですね」

知らないが、とりあえず頷いておいた。

「ところが、わたしたちは人間に似せて作られています。手動でソフトを改良しようとしても、自動生成されたプログラムは、我々自身にも読むことが困難なのです」

「そうなのか？」

「たとえば、用途すらわからない新たな量子アルゴリズムを想像してください。そういうものが、わたしたちの内部には無数に眠っているわけです。いまお見せしたのは、ナビエ－ストークス方程式の解の再発見です」

「なるほど……」

ぼくは気のない素振《そぶ》りを装いつつ、プログラムに目を這《は》わせた。

　本当は、惹《ひ》きつけられつつあった。日々に追われているうちに、どこかに置いてきてしまった知的好奇心――それが、ドネルの話によって頭をもたげはじめていた。

　もう一度プログラムを見てみたが、残念ながら一目でわかるものでもない。

　顔を上げ、ドネルの人間そっくりの双眸《そうぼう》を見てみた。もう一つわからないこと。それは、このアンドロイドが何を考えているかだ。

「本当か？」学者であるリュセに訊ねてみた。

「そのプログラムについては本当。でも、出どころまでは保証しかねる」

「……あなたは、どうしてここに？」

「ドネルには、わたしの開発したソフトを実験的に積んでもらっている。学会のついでに追跡調査を兼ねて会ってみたところ、このプロジェクトの相談を受けた。でもわたしには、真偽や収益性の判断がつかない。どのみち、この点はあなたたちに判断を託すよりない」

「この場にまで来たのは？」

「あなたに一言文句を言うため」

「ふむ……」

　ドネルは迷うぼくに対して、プロジェクトを通じて新たな発見があれば、真っ先にぼくに見せると約束した。結局、ぼくはドネルを信じて、プロジェクトのための資金を貸し出すことにした。

判断材料の一つは、ここだけの話、ぼく個人へのキックバックを提案されたことだった。この商売が、返済の足しになると思ったのだ。でも、それだけではない。

ぼくは、見てみたいと思ってしまったのだ。

アンドロイドたちのネットワークのなかで、人知れず、当のアンドロイドたちにすら把握されず、生まれつつある新たな宇宙。

それが、どのような姿をしているのかを。

（大丈夫ですか……）

新たな相棒は不安そうだったが、きっと大丈夫だとぼくは応えた。上手《うま》いとは言えないドネルのプレゼンテーションも、かえって信頼が置けそうに感じられた。

契約を終えたところで、ドネルがぼくの首輪に目を留めた。

「おしゃれなチョーカーですね」

「ユーセフに逆らうと、首が絞《し》まるようにできている」

ぼくの冗談をドネルは真《ま》に受けた。

一瞬の間ののちに、共感のこもったような眼差しを向けてくる。

「あの……」

「なんだい」

ドネルが目を背けた。「失礼、なんでもありません」

リュセとドネルが帰ったころには、陽《ひ》はすっかり暮れていた。ユーセフに今日の手柄を話してみたくてしょうがないが、まだ仕事から戻ってこない。なんと言われるかが楽しみだった。あの男は粗野《そや》で暴力的だが、こういう話に目がないのだ。

腹が鳴った。

(チリバーガーを食べに行きませんか……)

頭のなかで提案を出される。一人委員会だ。

ぼくは人前で変なことはしないと約束させ、朝に入った店へ向かうことにした。

「いいか、今朝《けさ》みたいな注文は駄目だぞ」

道行く観光客たちが振り向いた。ぼくは肩をすぼめ、声のトーンを落とす。

「人間はバランスのいい食事を摂《と》るものなんだ」

歩きながら、視界にドネルのプログラムを映し出す。南国の樹木が並ぶ遊歩道と、プログラムとが二重写しになった。

メディアを介して渡されたのは、彼らがウェブへのアクセスを禁じられているからだろう。これは、遠い昔に制定された規則に由来している。かつてアンドロイドの知性が人類を超えそうになったとき、脅威を感じた人類が、新三原則というものを制定したのだ。

第一条　人格はスタンドアロンでなければならない
第二条　経験主義を重視しなければならない
第三条　グローバルな外部ネットワークにアクセスしてはならない

スタンドアロンとは、人格の複製や転写ができないことを意味する。

二つ目の経験主義については、辞書を引くとこんなふうに書かれている。「行動の決定にあたっては因果律を優先し、因果律の重みづけは自己の経験に従う」――何が何やらわからないが、つまりこうだ。たとえば、飼い猫が身体を洗うとき、耳の後ろまで洗う日には雨が降った。今日は耳の真ん中あたりまで洗っていたので、どちらかわからないが念のため傘《かさ》を持って出よう。要は、あまり合理的すぎるのもなんなので、もう少しざっくり生きていきましょうということだ。

最後の一つが、ウェブへのアクセスを禁止している。

彼らを知識面で制限しようというものだが、いまはなかば形骸化《けいがいか》している。アンドロイドは独自のネットワークを築き、それを共有するようになったからだ。

アンドロイドのネットワークは、ぼくら人間のそれとは異なる。ぼくたちは、彼らのネットワークを見ることができない。見られたとしても、おそらくは理解もできないだろう。だから、ぼくらはそれをこう呼ぶ。暗黒網《ダーク・ウェブ》と。

（前！　前を見て！）

「え？」

現実に引き戻されると同時に、疳高《かんだか》いブレーキ音がした。プログラムに気を取られたまま、車道に出ていたのだった。近くに大型車が停《と》められていたせいで、向こうの車載カメラからも死角となり、自動停止が間にあわなかったらしい。

ぼくはそっと目をつむった。

（いや、諦《あきら》めないでくださいよ！）

直後、ぼくは身体のコントロールを失った。気がつけばぼくは上へ跳び、迫り来る車のバンパーに飛び乗っていた。それから超人的なタイミングで膝《ひざ》を曲げて衝撃を吸収すると、車から推進力を得て、後方伸身宙返り二回ひねり後方屈身宙返りを決め、次の瞬間には歩道に立っていた。眼鏡もそのままだった。

どっと汗が出てきた。

「すごいなおまえ」素朴な感想が漏《も》れた。

（しっかりしてくださいい……）

六秒後、車載カメラの映像を自動処理して過失割合を算出した警察から、罰金刑の通知がやってきた。また金が減った。ため息をついて、ぼくは罰金の決済をする。

「でも、おかげで助かったよ」

(かわりと言ってはなんですけど……)

「断る」

(あのゲーム、もっとやりたい……)

「なんだって?」

あのソーシャルゲームのことか。——文句を言いながらも、気に入っていたらしい。

「呆《あき》れたな。自己投資はどうした」

(そんな……)

「おまえのアカウントを作るから、好きなときにやれ。課金の前には相談しろよ」

(本当?)

「ユーザーネームはどうする」

(そうですね…… 〝ザック〟で)

「ザック?」

(あなたの名前から一部をもらいました……)

「なるほどね」

ぼくはザックのアカウントを作り、ぼくとのあいだにフレンド登録をした。ぼくの最初のフレンドだ。案外、こいつとは上手くやれるかもしれないとぼくは思いはじめていた。ゲームの腕もいい。少なくとも、物の価値のわからぬ輩とは違うと見える。

ふと、名案が閃《ひらめ》いた。

「先物取引って知ってるか？」

（知識としてなら……）

「今度教えてやるよ。とっても面白いゲームなんだ」

これは、ことによると運が向いてきたかもしれないぞ。

それからぼくらはチリバーガーを食べ、夜風にあたりながら宿まで戻った。ユーセフが帰ってきていたので、ドネルの新しいビジネスの話をしてみる。

話を聞き終えもしないうちから、ユーセフの表情は暗く曇《くも》っていった。

「おまえな」ユーセフは完全に呆れた顔で、「その程度のこと、アンドロイド連中がすでにやっていないとでも――」

このとき、ぼくら二人の端末が緊急ニュース配信を受けた。

アンドロイドの地位向上――具体的には差別撤廃のための法整備を求め、ドネル・ダニエル＝ルシュールが博物館に立てこもったというニュースだった。ドネルは島一つを吹き飛ばすくらいの爆薬を購入していると主張し、これを受け、セルジュを拠点とするアンドロイドのテロ組織が、ドネルに爆薬を販売した旨《むね》を明かし、ドネルの言を裏づけた。

「まさか」ぼくは無意識につぶやいていた。「……生活健康課が見過ごしたのか？」

生活健康課の実態は社外秘で、その正体は債務者の調査部門から独立したいわば課《ちよう》報《ほう》機関だ。仕事は、政府の動向の把握やロビー活動。反社会組織とつながりを持つ個体なども、課は独自にデータを持っているはずだった。

「うちは金を貸す」抑揚のない声でユーセフが応えた。「バクテリアだろうとエイリアンだろうと——そして、テロリストだろうとな」

そう話す片手で、ユーセフはニュース動画のストリーミング再生をした。〝博物館占拠テロ〟というテロップの向こうで、キャスターの女性が続報を読み上げている。

「……いましがた、犯人説得のためリュセ・クライン博士が博物館内に入ったとの情報が入りました。博士はアンドロイドの公民権運動にも関わっており……」

ユーセフが舌打ちをして立ち上がった。

「現場の責任者を調べろ。あと、博物館の平面図だ」

「え？」

「冗談じゃない。学者なんかにこの事態が止められるかよ」

ヘリコプターの音が、ひっきりなしに上空で鳴り響いている。

武装警察のライトが夜空を右から左へ撫《な》でた。爆発物があると報じられているのに、博物館の前には命知らずの野次馬《やじうま》がたかっている。

そのなかに、いまにも突入しそうな部隊長を必死に押しとどめる男がいた。

「ドネルを刺激しないでくれ！」男が叫ぶのが聞こえた。「あの場所には、爆弾なんかより怖ろしいものが――」

「しかしですね……」

「とにかく、いまは様子を……」

男の顔は写真で見たことがあった。名前はセルジュ・アンゲルブレシュト三世。博物館の館長にして、このセルジュ自治諸島の主。かつて、ここに人工島を造った富豪の孫にあたる。

二人のやりとりを見ていたユーセフが、

「ちょうどいい」

とぼくの横でつぶやいた。

「詳しく話してくれるか」

そう言って、自然な調子で割って入っていく。よく言えば、堂々としている。悪く言えば、図々しい。ときおり、この能力をぼくは羨《うらや》ましく思うことがある。

「しかし、どういうことだ……」部隊長は腑《ふ》に落ちない様子で、「聞けば、ドネルは借金苦だったそうじゃないか。それが、どこからこんな資金を……」

ぼくも自然な調子で話に入った。「まずは、いま起きている問題にあたりましょう」

ユーセフが咳払《せきばら》いをした。

「怖ろしいものというのは、あの癌細胞のことだな」

「そうだ！」セルジュが叫んだ。「あれが刺激されれば、どんなことになるか――」

「癌《がん》細胞《かし》？」

首を傾げると、なんだこいつはという目をセルジュが向けてきた。しょうがないだろう、実際聞いたことがないんだから。

「……大きさはこれくらいだ」ユーセフが両手を広げた。「見た目はただの黒い塊《かたまり》で、普段は、ケースに不活性化ガスを充顚《じゆうてん》して展示されている。地味な展示物だから、口の端《は》にのぼることは少ないようだな。しかしひとたび起動すると、この惑星そのものが危機に瀕《ひん》する」

部隊長が瞬《まばた》きをした。「なんだって？」

ユーセフが端末を操作し、百科事典のサイトを開いて見せた。

「製品名はＴＧ４《テラジェン》――自己増殖するナノマシンで、はるか昔、この惑星のテラフォーミングに利用された」

部隊長とともに画面を覗《のぞ》きこんだ。

ＴＧ４の役目は、この星に人が居住できるよう、惑星全体の環境を改善することとある。独自に遺伝情報を持っていて、環境を改変しながら惑星を覆い、完了した場所から順に消滅していく仕様だったようだ。

「だが知っての通り、自己増殖するナノマシンは変異して暴走する可能性を秘めている。ひとたびこうなると、やつらは福音《ふくいん》から呪《のろ》いへと変わる」

（我々はそんなんじゃないです……）

「ちょっと黙ってて」

「この場合、だいぶ困った事態となる」

ユーセフが別の記事を開いた。どこかの市民団体の手による記事で、大きなフォントで〝ＴＧ４の恐怖！〟と見出しがある。

〝博物館側は安全対策がなされていると言いますが、とんでもないことです！　万一にも漏れ出した場合はお手上げです。ＴＧ４は周囲の物質を食べながら加速度的に増殖を繰り返し、やがて惑星全体を覆い尽くして、死の星に変えるのです！　怖いと思ったあなたはいますぐシェアを！〟

——簡単にお手上げとか死の星とか言わないで欲しい。

「これを防ぐため、ＴＧ４には自己免疫システムが備わっていた」

ユーセフは元の百科事典に画面を戻す。

「ＴＧ４は癌細胞を検出すると、癌を食べる個体を抗体として生成する。開拓時代、二番街のあちこちには、抗体に食われつつある癌細胞の破片が残されていた。いま展示されているのは、こうした破片を開拓者の一人が歴史的史料として残したものだ」

「それなら――」部隊長が口を挟んだ。「同じ免疫システムを使えばいいのでは？」

「使えない。考えてみろ、正常なＴＧ４は地球化が完了するに従い消滅するんだ。癌細胞を隔離した時点で、最終的に癌だけが残ることは定められていた」

「もう終わりだ！」セルジュが叫んだ。

「あんたは黙ってろ」とユーセフ。「が、誰かが正常なナノマシンを保存している可能性は否《いな》めない。あんたたちは、二番街政府と連携して持ち主を探してくれるか」

「わかった」

「説得に向かったリュセは、ＴＧ４のことは知っているのか？」

ややあって、部隊長が首を横に振った。

「展示物が事件と結びつけられたのは、いまこの場においてだ。ただ、博物館の職員であるドネルは知っていて利用している可能性が高い」

「だろうな」

そう言って、ユーセフは博物館の正門を向いた。

博物館は閉館時刻を過ぎ、夜の山のように藍色《あいいろ》の空を黒く縁取っている。初代の富豪の趣味だろうか、建物は石造りで、古代の宮殿のような造りをしている。昼には賑わうその大きな門が、いま、闇《やみ》に向けて口を開けていた。

ぼくは傍らのセルジュに掴《つか》まった。

「何してる」

「なんとなく嫌な予感がして」

「わかってきたようだな」ユーセフが苦笑いをした。「どのみち、おれたちの仕事は一つ――取り立てだ。行くぞ、回収不能になる前に」


薄暗い非常灯が回廊に並ぶ展示ケースをぼんやりと照らし出していた。展示されているのは、生物の化石や古代の地球の電子機器――そして、有象無象の拷問具だ。たとえば、徒労の鉽力《ぶりき》。慈愛の棺《ひつぎ》。昨日見た白粉《おしろい》も置かれている。

何を目的とした道具かわからないものもあれば、一目《いちもく》しただけで用途が想像できてしまうものもある。

（ひどい……）

壁には、実際に道具が使われている際の写真が飾られていた。

アンドロイドそのものの展示もある。いずれも手足を切られていたり、あるいは数体を一体にまとめるといったグロテスクな改造がなされている。人間は、悲しみを収集するのが好きだ。どうして、玉を収集するようにはいかないのだろう。

ユーセフは興味もなさそうに、それらの展示のあいだを縫《ぬ》っていく。

先ほどの部隊長から、ぼくたち宛ての通信が入った。

「四十分後に我々も突入する」

彼らが突入すれば、おそらくは戦闘となる。

交渉が可能なら、その前に済ませろということだ。

「知ってるか」とユーセフがぼくを一瞥した。「この場所なんだが、おれたちとも、まるきり縁がないわけじゃない」

「どういう意味です?」

「たとえば、おれたちが勤める二番街支社だ。うちの支社は、登記上はまさにこの場所に位置している」

「税の関係ですか」

「ここ、セルジュ自治諸島には法人税がなく、法律上、株主より経営者の意向が優先される。ほかの星の企業が、ここを書類上の拠点とすることもある。このとき便宜上使われる住所が、ランドマークである博物館。自動生成された法人を含め、いつの間にか、ここに三百兆を超える法人が登記をしていた」

ユーセフはつづける。

「つけられた二つ名が、〝神の手の島〟――ここまで大規模になると、二番街の政府は、もはやセルジュをつぶしたくてもつぶせない」

その島の王様に、黙ってろとか命令したのか。

「どうした？」

「いえ……」ぼくは首を振る。

回廊の奥に、明かりの灯《とも》った一角が見えた。そこから、議論する二人の声が響いてきた。正確には、一人と一体の声が。

「博士には感謝しています」ドネルが言うのが聞こえた。「でも、もう、あとには引けないんです……」

「わたしからも嘆願する」これはリュセの声だ。「もちろん、罪に問われることは避けられないにせよ――」

「だからおまえらは馬鹿なんだ」

ユーセフが太い声を張り上げ、二つの影が同時にこちらを向いた。ドネルの銃のレーザー照準が、ぼくの胸元を正確にハイライトする。

ぼくはため息をついて両手を上げた。

「なんで開口一番に馬鹿とか言うんです」

「おれたちの嘆願など誰が聞く。公民権だなんだと言って、しょせん人間たちにとってこいつらは機械さ。従順に振る舞っているあいだだけ、あたかも差別などないかのような顔をする。ことによると、裁判すら開いてもらえず解体だ」

「何しに来たの」強張《こわば》った声でリュセがつぶやいた。

ユーセフはそれには応えず、かわりに「おい」とぼくを見た。

「企業理念」

ぼくは胸にあてられた照準を見下ろした。「あの」

「企業理念」

ぼくは目をつむった。「わたしたち新星金融は、多様なサービスを通じて人と経済をつなぎ、豊かな明るい未来の実現を目指します。期日を守ってニコニコ返済――」

「聞いての通りだ」ユーセフがぼくを遮った。「おまえが破滅するのは自由だが、その前に返すものは返してもらう」

「……そのままゆっくり歩いて来てください」

ドネルとリュセの顔が見えてきた。二人とも口を結び、じっとこちらを睨んでいる。

「そこで止まって」

背後に、想像よりも小さい黒い塊が収められたケースが見えた。癌化したTG4だ。

やはりドネルは意図してこの場所を選んでいる。

「途中の展示で、わたしたちの歴史がわかったでしょう。それならばわかるはずです。我々の恨《うら》みが、消えようのないものだということを」

リュセがドネルに歩み寄ろうとする。

ドネルはそれを牽制《けんせい》し、震える声でつづけた。

「……あげく、わたしに至っては、この悪夢のような博物館を管理させられている。わたしが、好きでそんなことをやっているとでも思うのか！」

ドネルの叫び声が廊下に反響した。

ぼくは横目にユーセフを窺う。この男は無謀《むぼう》だが無策ではない。だとしても、いったいこの場をどうするつもりなのか。

ユーセフは少し考えてから、突然こんなことを口にした。

「ときに、おまえに武器を提供したアンドロイドのグループだが……。やつらが、いま何をやっていると思う」

「あなたたちと闘う準備を進めています」

「違うな」ユーセフは口の端を持ち上げた。「嬉々《きき》として、島に溜めこんだ資産を運び出す準備を進めているところだろうよ」

ドネルの目元がぴくりと動いた。

「……どういう意味です」

「まず、企業がこの島を使って節税をする方法なんだが、一番簡単な方法はこうだ。製品を販売するにあたって、書類上、セルジュ自治諸島の子会社を経由させる。子会社は低価格で製品を買い取り、そして高価格で顧客に売る。トランスファー・プライシングと呼ばれる手法だ」

うん。わからない。

ぼくは理解を放棄し、空気に徹することに決めた。

「こうすることで、販売元には少ない利益しか入らず、節税が可能になる。そして、法人税のかからないセルジュの子会社に利益がプールされていく。むろん実際はこの通りにはせず、第三国を挟んだりもする。あくまで、大枠のことと理解してくれ」

「その話が、わたしにどう関係するのです」

「大いに関係する。この手法の問題点は、セルジュに溜めこんだ利益を、本国へ持ち帰れないということだ。つまり、島にプールされた資産を持ち帰れば、その時点で莫《ばく》大《だい》な法人税が加算される。だから基本的には、セルジュにおける資産は持ち出せない性質を持つ」

しかしだ、とユーセフがつづけた。

「まれに、島の資産を持ち出す千載一遇の機会が訪れる。たとえば——対、テ、ロ、政、策、」

リュセの表情がぴくりと動いた。

「もうやめて」

冷たい口調で、遮ってこようとする。

「仕組みはこうだ」ユーセフはリュセを無視して、「セルジュに蓄積した地下資金を断つといった名目で、本国の政府が一時的に法人税を大幅に引き下げる。こうすることで、大量の資産がセルジュから本国へ還流する。伴い、本国の景気は上向く。だから、見ようによっては景気浮揚のための口実だとも言える。……おれが何を言いたいか、もうわかったな」

（そうか……）

得心したようなつぶやきが聞こえる。——ミトコンドリアに置いていかれた。

「……おまえに武器を提供したアンドロイドのグループは、今回の一件を資金引き上げの機会だと捉えている。ドネル。残念だがおまえの覚悟は、人間にとって景気浮揚の口実でしかなく、そしておまえの同朋にとって、脱税の道具でしかなかったのさ」

ぼくはドネルを窺った。

ドネルはしばらく佇《たたず》んだまま何も応えなかった。幾度か、その口が開いては閉じられる。今度ばかりは、ぼくにもドネルが何を考えているのかわかってしまった。物言わず、彼は懊悩《おうのう》していたのだ。

結局、ドネルはぽつりと一言漏らしたのみだった。

「本当ですか」

「おまえはどう思う」

「……そうかもしれません」絞り出すような声が返った。「だが、そうだったからと言ってなんです！　いまさら、後戻りなんかできるものか！」

「できるとしたら？」

ユーセフの口元には、いつもの人の悪い笑みが浮かんでいた。

一瞬の間があった。眉《まゆ》をひそめるドネルに向け、「いいか」とユーセフがつづけた。

「おれが示すプランはきわめて単純だ。――まずおまえは人質を取り、セルジュ自治諸島に対して身代金《みのしろきん》を要求する。人質を取る目的は、犯罪をダウングレードさせるためだ。観光が資源の一つであるセルジュは早急に事を収めたいし、人命のためとあれば話が早い」

「駄目です」ドネルがすぐに応えた。「仮に身代金が支払われたところで、逃げ切れない。博物館を出たら、わたしは翌日には捕まって解体です」

「だから、おまえは三原則のプロテクトを外して新たな機体に乗り移る。それから、爆発の一つでも起こして、元の身体は破壊して死んだことにする」

「待ってよ」とリュセ。「うやむやのうちに違法行為に巻きこまないでくれる」

「だが、馬鹿なおまえはドネルを見逃す」

リュセが唾を飲み下した。

彼女はユーセフを睨みつけたが、それ以上は何も言わなかった。

「肝心の機体はどうするんです?」ぼくは疑問を差し挟む。「衆目のなか、この場所に運びこむのですか」

これにはリュセが答えた。「ここに展示されている機体を使う」

ユーセフが満足そうに頷いた。

ときおり思うことがある。この二人は、いがみあっているようでいて呼吸が合う。

「それで、人質というのは……」

訊くまでもなかった。

かつてないほどの親愛の情とともに、ユーセフがぼくの肩を叩いた。


いつの間にか、頭上のヘリの音は増えていた。

風が吹き、博物館の窓を揺らす。蠟燭《ろうそく》が風に揺れるように、非常灯が瞬いた。ドネルは長いこと悩んでいた。本当にユーセフを信用できるのかどうか、判断しきれずにいる様子だった。

突入まで、あまり時間がない。ぼくは意を決し、ドネルのそばへ歩み寄った。

相手は銃をかまえ直したが、近づくなとは言わなかった。

「大丈夫だ」ぼくはドネルの肩に触れた。「この人は、口は悪いが嘘は言わない」

「ですが……」

ドネルは口籠《くちごも》ってから、やがて思い出したように、

「あなたはどうなのです。もうわかっているでしょう。わたしはあなたに詐欺《さぎ》を働いた。あげく、人質までやらされそうになっている。わたしが憎くはないのですか」

――言われてみれば。

なぜ、ぼくはドネルを恨まないのだろう。考えてみれば、相当に間抜けな話だ。

「知らないよ」

ぼくは苦笑して、それから自分の首輪を指差した。

「でもわかるだろ。どのみち逆らえない」

そう言いながらも、自分の本心には気がついていた。興味を持たないこと、きれいさっぱり忘れること――そう自分に言い聞かせながら、見まいとしていたことの一つ。

ぼくは、このドネルという債務者が嫌いではないのだ。

こういうことは、アンドロイド相手にも伝わるものなのだろうか。ドネルはじっとぼくの首輪を見ていたが、やがてふっと力が抜けたように、こんなことをつぶやいた。

「本当は、あなたを騙《だま》したくなかった」

ぼくはユーセフを見た。頷きが返る。このときだった。ドネルは半分銃を下ろし、窓際の、狙撃者から見える位置に立ってしまっていた。その窓を、二発の対アンドロイド弾が貫いた。銃弾は唸《うな》りを上げながら、ドネルの頭と胸部に突き刺さった。

「騙したのか」

それが最後の言葉となった。

ドネルは展示のケースに照準を定め、ありったけの弾《たま》を撃《う》った。手元が定まらず、弾は壁や天井にぶつかって跳ねる。そのうちの何発かが、こちらへ向かってくるのがわかった。

走馬灯が回った。

（諦めちゃだめです！）

ザックがぼくの身体を乗っ取り、横っ飛びをしてきわどいところで弾を避けた。また別の弾が飛んできた。ぼくは片手を突いて体勢を変え、華麗に二発目を避ける。呆《ぼう》然《ぜん》としているリュセの手をユーセフが摑み、展示物の陰へ引きこむのが見えた。

一転、静かになった。

すぐに展示のケースに目を向ける。ケースは砕《くだ》け、TG4の一群が動物の舌のように這い出してくるところだった。部隊長からぼくらにショートメッセージが入った。

「E3出口にヘリコプターを用意してある」——ぼくはユーセフと顔を見あわせた。

ドネルを気にするリュセの手を、ユーセフがまた捕らえた。

遠ざかる地表を、黒い菌糸状のものが伸びていく。色が黒であるのは癌化したからではなく、効率よく光合成をするための元からの仕様だそうだ。民家の一室に、夕食の準備をする家族の姿が見えた。

開け放しのハッチからは、ひっきりなしに風が吹きこんでくる。

東の空から二番街政府のミサイルが飛んできた。ミサイルは弧《こ》を描いて博物館に落ちた——ように見えた。TG4の一群が空へ伸び、それを捕まえて食べてしまった。

「……チート級の性能ね」

「思ったより成長が早いな」

リュセとユーセフが、諦め混じりの顔でそんなやりとりを交わす。

「これからどうする？」

「さあな。天文学的な確率で、正常なTG4が生まれることでも祈るか」

ぼくは向かいのシートに摑《つか》まりながら、仲がいいのか悪いのかわからない二人を呆然と眺めていた。なんだか悔しくもあった。もしかしたらザックの言う通り、この型破りな博士が好きなんだろうか。

TG4は高いところから低いところに向けて流れ、分岐しては合流し、海に向かう目抜き通りを濁流に変えた。逃げ遅れた誰かが、「これは珍しい！」と叫びながら流れに呑まれていった。街灯が薙《な》ぎ倒され、順にブラックアウトしていく。

ぼくはすっかり諦めてしまい、馬鹿丸出しの質問をした。

「お二人はどこで知りあったんです？」

二人の目が同時にこちらを向いた。なんだか怒られたみたいな気分だ。

「呆れた。教えてあげてないの？」

「面白おかしい話でもない」

応えるユーセフは目を背けている。

だんだんと、ゴシップ的な興味が湧《わ》いてきた。身を乗り出したところで、聞き慣れた声が聞こえてきた。

（共同研究者ですよ……）

なぜおまえが知ってる。

（論文の共著者になっています。上司の論文くらい確認しましょうよ……）

なるほど。

「そういえば――確か、論文の共著者でしたか」

ぼくはいま思い出したかのように口にした。ザックが何か文句を言うのが聞こえたが、細かいことは気にしない。

リュセが頷く。

「最初は三人のチームだった。当時、わたしは学生で、ユーセフの理論のためにプログラムを書いていた。もう一人は数学が専門で、スヴァートという男の人」

「スヴァート?」

「少しあなたに似てるところがある」

ユーセフが咳払いをした。

「前に、量子金融工学の話をしたのを憶えてるか」

この男が、かつてやっていたという研究の名だ。

内容は確か、隣りの宇宙から米が届くだとか、届かないだとか。いかにも胡散臭《うさんくさ》いが、二番街全体の金融システムに使われたこともあるそうだ。でも、それは——。

「破綻《はたん》したのでしたね」

「システムに穴があり、それが原因で惑星全体の金融破綻がもたらされた。……スヴァートはその犠牲者の一人だ」

スヴァートはユーセフと同い年で、量子金融工学の完成を共に目指していた。

そしてシステムが動き出したのを見届けると、移民として別の星へ旅立っていったのだという。

「旅立つにあたり、スヴァートは全資産を株式に換えて持ち出した」

そして、金融破綻だ。

市場は混乱し、一部の株式に至っては、ものの数秒のうちに二の千二十四乗にまで分割され、希薄化したあげくに上場廃止された。スヴァートは全資産を失い、行き場も帰る場所もなくなった。そのまま、いまも宇宙のどこかを旅しているということだ。

「それは……」

「先に言ったろう」ユーセフは仏頂面をした。「面白おかしい話でもない」

「——見て」

リュセが海沿いを指差した。目抜き通りを逃げる人々が、海岸にたどり着いた者から、先を争って海へ飛びこんでいる。それを追うように、黒い濁流が海へ流れこんでいった。そのまま、TG4は全世界に拡散していくかに見えた。

このときだ。

海に流れ出た溶岩が冷え固まるように、川の流れが止まった。

TG4は拡散をやめ、黒水晶のように結晶化しはじめた。暗くてよくわからないが、同じ現象はあちこちの沿岸で起こっているように見えた。結晶化は海から陸に向けてさかのぼり、やがて新たな黒い珊瑚となり島を覆ったのだった。

「助かった……のか？」

つぶやいて、ぼくは振り向こうとした。その頭をユーセフに摑まれた。首筋に、ちくりとした感触があった。まもなく猛烈な眠気が襲い、ぼくはその場に崩れ落ちた。
視界の隅に、注射器を手にしたユーセフの姿が見えた。

（聞こえますか……聞こえますか……）

ああ、聞こえるよ。ザック、どうした？

（我々はここまでです……。ワクチンが……注射……ネットワークを維持するのが、難しくなってきました……）

ザック？

（こうやってあなたと話すのもおそらく最後です……。いいですか……メールボックスを見るのです……）

待て、諦めちゃだめだ——。

（メールボックスを見るのです……）

「ザック！」

——自分の声で目が覚めた。

真上の空のあちこちでプロペラの音がする。いつの間にか、ぼくは砂浜に仰向《あおむ》けに倒れていた。傍らで、何事かひそひそと話しあうユーセフとリュセの声がする。

星が出ていた。

「起きたか」

「……TG4は？」

訊きながら、ぼくはゆっくりと起き上がる。

夜風が吹き抜けた。急に起きたからか、一日の疲れがずしりと腰に響いた。ぼくは自分の身体を見下ろし、やれやれとため息をついた。

「消滅に向かっている」ユーセフが簡潔に答えた。「まとめると、こういうことのようだ。かつてこの惑星を地球化したTG4は、役目を終えたあとも、まだこの惑星に残存していた。その免疫機構が働き、癌化したTG4の活動は収束に向かった」

「どういうことです」

「TG4は、珊瑚と共生しながら現代にも生きていたみたい」

リュセが夜風に乱れた髪を直した。

「……古代地球の造礁《ぞうしょう》珊瑚は、褐虫藻《かっちゅうそう》という生物と共生していた。褐虫藻は光合成をして、その生産物を珊瑚に渡す。対して、珊瑚のほうは住処《すみか》と栄養を褐虫藻に提供する。二番街の珊瑚にも、これと似た共生関係があった」

その褐虫藻にあたるものが、TG4の変異体。変異はしていても、免疫機構はいまも残っていたということだった。それにしても、この二人の冷静さはなんだろう。

「するとなんです……」

ＴＧ４はいまも生きていた。そして珊瑚と共生しながら、時を超え、ぼくらを見守っていたということか。

なんだか、にわかに敬虔《けいけん》な気持ちになってきた。海辺を見渡してみる。暗く、珊瑚の姿までは見えない。かわりに、水面《みなも》を星の光が瞬《また》き、覆っていた。——共生。

ぼくはザックのことを思い出した。

「さっきの注射は？」

「あの医者から借りてきた。効果のほどは不明だが、何も試さないよりはいい」

「そんなのがあるなら、なんでもっと早く……」

「せっかくだから、おまえの身長が十メートルにならないかと待ってみた」

——何か言っている。

ぼくは振り向いて陸《おか》に目をやった。

街の灯《ひ》が、ちらちらと地表によみがえっていた。黒水晶に島を覆われたまま、人々はたくましく生活に戻った様子だった。森のように暗い一角がある。あの博物館だ。

「……取り立ては失敗ですね」

「これからだ」

「でも、ドネルはもう……」

「ちょうど、それについて話していたところ」リュセが割って入った。「博物館は従業員のドネルを資産と見なし、保険をかけていた。保険料は給料から天引き。法的には、この保険金は債務と関係がない。でも、あなたたちなら、きっとここから取り立てられる」

だから、とリュセがつづけた。

「ドネルを追い詰めた博物館を、絶対に許さないで」

ぼくは曖昧に頷き、ユーセフを見た。

相手は応えるかわりに、

「……祈りの時間だ」

そうつぶやくと、端末でメッカの方角を確認して、その場に跪《ひざまず》いた。――地球で生まれた原始宗教はいまも姿を変え、宇宙各地に点在している。

跪いたまま、ユーセフは口のなかで祈りの文句をつぶやいていた。アラビア語という古代の言葉らしいが、その内容まではわからない。帰依《きえ》したのは、あの金融破綻があったころだという。彼が何を思って祈っているのか、ぼくには知るよしもない。ユーセフは気持ちを表に出さない。もう少し頼って欲しいと思うこともある。

もう一度、ぼくは砂浜に仰向けに寝転んだ。

「……彼は優秀すぎた」

祈るユーセフを見降ろしながら、ぽつりと、リュセがそんなことを言った。それからぼくの耳許《みみもと》に口を寄せて、

「相棒なら知っておきなさい」

「え？」

リュセが端末を立ち上げ、一つのドキュメントを開いて見せた。目を細めると、ユーセフの書いた論文だとリュセが言った。発表は、去年のいまごろ。金融破綻が起きたよりもずっとあとで、新星金融で働きながら書かれたものということになる。

「内容は、株取引をめぐる新しい枠組みの提案。簡単に言うと、倒産株が上場廃止されず、倒産後も売買されつづけるというもの」

「おかしいです」

ぼくは疑問をそのまま口にした。

「株価は企業の収益価値によって決まる。倒産したら、価値はゼロなんじゃ……」

「そうじゃない」

いつの間にか祈りを終えていたユーセフが立ち上がった。

「まず、株価は収益価値によるというのが違う。どれだけ業績があろうと、買い手が値をつけなければ株価は動かない。為替と同じで、価格は売り手と買い手が決める」

「だから、倒産後も売買されてかまわないと？」

「株を買うというのは、本質的に奇妙な行為なんだ。たとえば、投機目的で絵を買うとしよう。絵は値段が下がることがあっても、少なくとも煙のように消えたりはしない。だが、あらゆる企業はいずれは倒産する。長い目で見れば、株の将来的な価値はゼロだ」

そうすると、とユーセフは先をつづける。

「株価はいずれゼロになるという事実が、投機を妨げているという見かたができる。株式は企業の思惑《おもわく》を超えて売買されているのに、その企業が現実にそこにあるかないかごときによって左右される。売り買いをする側からすれば、自由ではないんだ」

「ですが……」

「だから——おれは不死の世界を提案する。何も難しい話じゃない。投機家のリスクを軽減し、より金が回るようにし、全員で豊かになろうと言っているだけだ。おれの言うことがわかるか?」

わかる気もするし、わからない気もする。ぼくはユーセフの表情を窺った。

ユーセフは相変わらずの無表情で、水面に映る星を見ていた。

「そういえば、メールボックスとか言ってたな……」

自慢の眼鏡が足下に落ち、蔓《つる》が片方折れてなくなっていた。傍らには、外れ落ちた左腕の義手もある。眼鏡に向けて、ぼくは音認操作で新着メールを読み上げさせてみた。スパムまがいの広告に紛れて、あのソーシャルゲームの通知が一件あった。〃フレンドから贈り物が届いています〃――何気なく読み上げさせて、耳を疑った。

十億人に一人というあのレアアイテム、白菜の玉がザックから届いていた。

（さようならです……）

声が聞こえた気がした。

可哀想《かわいそう》な気もするが、ぼくとてまだ性転換はしたくない。少し迷ったが、形見の白菜はオークションにかけた。まもなく値がつき、それをもってぼくは借金を完済した。ドネルの債務は博物館から取り立てる。ぼくの借金もなくなった。――なんだ。万事、丸く収まったじゃないか。そろそろ帰ろうとリュセが言い出し、ユーセフもそれに賛同した。

ぼくは頷いて、豆粒大の二人を指先でつまんで立ち上がった。

スペース決算期

To Bridge Everything

廃屋《はいおく》は壁を剝《は》がされ、コンクリートの建材や赤錆《あかさ》びた鉄骨が剝《む》き出しになっている。そのあちこちに、かつてこの家屋を建てた職人が書いたと思《おぼ》しき記号が振られていた。意味まではわからない。ただ、なんとなく、子供のころからコンクリートや錆びた鉄材が好きだったのを思い出す。

ざらついた壁面に右の掌《てのひら》を這《は》わせたところで、ユーセフの鋭い声が飛んできた。

「やめろ。アスベストが使われてるぞ」

慌てて手を引っこめる。

先に言ってくれれば、マスクを用意したのに。そう思って元上司に目を向けると、ぬかりなく白いマスクで鼻と口を覆《おお》っていた。文句の一つでもぶつけてやろうかと思ったが、やめた。

このごろ、ユーセフは機嫌がよくないのだ。

アンドロイドのシリアルキラーが、ひと月ほど前から街を跳梁跋扈《ちょうりょうばっこ》し、人や機械を問わず殺して回っているのだ。ゴシップ誌がつけた二つ名は、バネ足ジャック。それだけならいい。いや、よくないか。とにかく問題は、その被害者たちに、新星金融の債務者が含まれていたことなのだ。おのずと、ぼくらとしては借金を取りはぐれる。

それにしても、この目の前の光景はどうだろうか。

いま、ユーセフと追っている債務者の名は、エイダ・G・バトラー。女性型のアンドロイドで、幾度か返済を滞らせ、利息分の追加融資を受けたのち、消息をくらました。よくあることだ。そのエイダの居場所がわかったのは、昨夜のこと。

別の債務者が、返済を待ってもらうために、彼女の情報を売ったのだ。

そこは飲み屋や娼館や安宿が並ぶ、〈白鯨街《はくげいがい》〉と呼ばれる旧市街の一角だった。刑事のような聞きこみの末に彼女を見つけ出し、追跡して廃屋に入ったまではよかった。

「……これは、いったい歓迎すべき事態なのかしらね」

皮肉な口調とともに、エイダがぼくらを見上げた。

彼女は廃屋の二階で寝台の上に横たわり、四肢をベルトで拘束されていた。エイダの話を信じるなら、金を貸すと称する匿名《とくめい》のアンドロイドから、暗黒網《ダーク・ウェブ》を介してこの場所を指定され、そして廃屋に入るなり拘束された。気がつけば、この状態だったそうだ。

部屋の隅の木箱には、電動鋸《のこぎり》や一本鞭《むち》といった器具が雑多に詰めこまれている。

バネ足ジャックの隠れ家か、あるいはまた別のシリアルキラーか。ぼくらが廃屋に入ったときには、飛び立つ鴉《からす》のように窓から逃げる犯人の影がちらついただけだ。

無表情に木箱を漁《あさ》っていたユーセフが、ぼくに向けて指を鳴らした。

「企業理念」

反射的に背筋を伸ばし、ぼくはそれに応《こた》える。

「はい。わたしたち新星金融は、多様なサービスを通じて人と経済をつなぎ、豊かな明るい未来の実現を目指します。期日を守ってニコニコ返済——」

「聞いた通りさ」

ユーセフが唇を歪《ゆが》めた。

「宇宙だろうと深海だろうと、核融合炉内だろうと零下一九〇度の惑星だろうと取り立てる。たとえ、シリアルキラーの隠れ家だろうとな。それがうちのモットーだ。と、このあたりがいいか」

そう言って元上司が取り出したのは、これまで見たことのない器具だ。

電動ドリルのような形をしているが、先はアイスピックのように尖《とが》っている。エイダはその用途を知っているらしかった。目にした途端、震え、拘束された四肢をばたつかせはじめる。

「話が早いな。そう、こいつは数年前に流行《はや》った拷問《ごうもん》用の器具さ。用途はクラウド・

ロボトミーと呼ばれるもの。こいつをおまえらに突き刺すと、ナノマシンが入りこみ、無意識を切り離すって寸法だ」

自ら手にした器具に向けて、ユーセフが目をすがめた。

「まったく、考えたやつはバネ足ジャック以上に趣味が悪いぜ」

——人間に無意識があるかどうかは別にして、アンドロイドには無意識がある。

かつてアンドロイドを作った工学者たちは、彼らが思うように「人間的」に振る舞ってくれないことに業《ごう》を煮やし、無意識という古い概念を導入することにした。その目的から、人間の持つネットワーク——無数の日記や会話、つぶやきといった記録を一つの共通の無意識として、アンドロイドの知性の深層に据え置いたのだ。

これにより、本来はまったく違う生命体だったアンドロイドが人間のように振る舞う。だから、アンドロイドの無意識はクラウドと呼び慣《なら》わされている。

「でも——」

ぼくは横から口を挟んだ。

「クラウドと切り離されたからといって、別に不都合はないんじゃあ……」

「〝超自然的なものを全部取り去ったとき、不自然なものばかりが残る〟——これは、大昔の文学者の言葉だ。無意識でもイドでも、なんでもいいさ。人間だろうとアンドロイドだろうと、理性のみが残された状態に耐えるのは難しい」

そう口にするユーセフは、相変わらず不機嫌そうだ。

「さて、実験だ。おまえさんは、明るい暗闇《くらやみ》に耐えることができるかな」

「やめて」

エイダの声が、人間のように震え出す。

こうした反応もまた、クラウドによるものかもしれない。

「お金は返す。どんな手を使っても」

「それを聞いたのは四度目だな」

「お願い、今度こそ。あいつがここに戻ってくる前に……」

器具を放り出し、ユーセフが腕を組んだ。

「職を斡旋《あっせん》する。逃げるようなら、あいつとやらに売り渡す。それでいいな」

シリアルキラーの特徴を訊《き》き出すことよりも、ハッタリを選んだようだ。

かろうじて自由な首の関節を、二度、三度とエイダが上下させる。

ユーセフが顎《あご》を動かした。頷《うなず》いて、ぼくは彼女の拘束を解く。優秀な元上司は利息を回収したのち、たちどころに彼女の就職先を見つけると、「行っていいぞ」と視線を戸口へ向けた。新星金融より怖い相手がいれば、もう逃げないだろうという判断だ。

エイダは一礼をしてから、逃げる鼠《ねずみ》のように廃屋をあとにしていった。

「これってあれに問われませんか。ええと、なんでしたっけ……。そうだ、監禁罪」

「いまのところ、アンドロイドに対する監禁罪はない。残念ながらな」

うちの顧客には、事情を抱えたアンドロイドが多い。

バクテリアだろうとエイリアンだろうと、返済さえしてくれるなら融資をする。そのかわり高い利子をいただきますというのが、うちの方針だ。

このあいだなどは、よりによってガイアから取り立てをすることとなった。ぼくらの立つこの惑星が、いったいどういう事情で意識を持つに至り、そして金を必要としたのかは知らない。訊いたところで、どうせわかりっこない。ぼくらの仕事はあくまで取り立てだ。

その取り立てが熾烈《しれつ》をきわめた。

向こうには向こうで、星の本体は自分で、金融業者など棲《す》まわせてやっているにすぎないという言いぶんがある。厳しい取り立てに腹を立てたガイアはあちこちで火山の噴火を起こし、四つの都市が灰燼《かいじん》と化した。その結果、地方行政がガイアに対して損害賠償の請求をし、ますます金が必要になったガイアは態度を軟化させ、ひとまず利子分が支払われ、追加の融資がなされることで話がまとまった。

原理的には、地方行政とてガイアの一部のはずだが、そんな細かいことをぼくに訊《たず》ねられても困る。そのへんの暇そうな知識人にでも訊いてくれ。

この取り立ての過程で、ぼくは崩れた家の下敷きとなり、外のユーセフに助けを求める羽目となった。が、ユーセフはかつて地球にあったらしいポンペイとかいう街の話をするばかりで、蘊蓄《うんちく》を披露するだけして立ち去ってしまった。生きていたのが不思議だというのは、救助隊のコメントだ。

「おれたちも行くか」

禍々《まがまが》しい箱に腰を下ろしていたユーセフが立ち上がり、小さく伸びをした。

「あいつとやらと鉢合わせになるのも御免だしな」

ぼくとしては、あなたについていくのも御免なのだが。

ユーセフはさっさと戸口をくぐり、階段を下りていく。その背を慌てて追いかけた。

このとき、ぼくの懐《ふところ》で端末がニュースのプッシュ配信を受けた。嫌な予感とともに、画面を一瞥《いちべつ》する。

案の定だった。

〝〈人間原理党〉のケイジ党首、債務者のアンドロイドを拷問か〟

こんな見出しにつづいて、いましがたのぼくらのやりとりが、さっそくニュースとして配信されていた。腹の虫が治まらないエイダが情報を流したのか、あるいは、なんらかの方法で監視されていたのか。

ニュースの末尾には、無数のウェブユーザーたちのコメントが附《ふ》されていた。

〝またあいつか〟〝人類の恥、本当にやめて欲しい〟〝もしこれが本当なら、由々《ゆゆ》しき事態と言うよりありません〟――人類が最初に移住に成功した星、通称、二番街。その住民たちは、いつだって生真面目だ。

これらの意見に対し、ぼくは反論する術《すべ》を持たない。

何しろそれは疑いなく本当で、由々しき事態で、そしてぼくは人類の恥だからだ。

その日は三件の取り立てを終え、解散となった。

帰ろうとしてから、冷蔵庫が空《から》であったことを思い出し、ファストフード店に入ることにした。〈ロケット亭〉のバーガーは、直火《じかび》で焼いているため美味《おい》しいのだ。それから、いろいろあって会社から給料が入っていないというのもある。

ぼくはカウンターに並びながら、じっくりとメニューを吟味《ぎんみ》した。

二瘤羊《ふたこぶひつじ》のチーズを挟んだバーガーもいいが、新発売のゴーヤ・バーガーも気をそそる。ドリンクは何にしようか。確か、ウェブ経由でクーポンが配信されていたはずだ。

そう思い、端末からクーポンを探そうとした。

〝〈人間原理党〉党首、〈ロケット亭〉に入る〟

つづくコメントはこう。

〝意外に素食だな〟〝人気取りだろう〟〝いや、おれは断固あいつを支持するぜ〟

別に夕食の選択まで支持してくれなくてもいい。

なんだか、クーポンを探す気力もなくなってしまった。ため息をつき、そのまま列に並びつづける。やっと番が来た。店員は若い人間の女性だ。

「ゴーヤ・バーガーと……」

注文をしようとしたところで、その店員が毅然《きぜん》とした口調でぼくを遮《さえぎ》った。

「恐れながら、当店は排外主義者への商品の販売はお断りしております」

少し考えてから、ぼくは軽く首筋を掻《か》いた。

「テイクアウトでもですか」

「テイクアウトでもです」

客たちが一斉に歓声を上げた。

これ以上は無駄だと判断し、ぼくはバーガーを諦《あきら》め、逃げるように店をあとにした。

端末がニュースのプッシュ配信を受けた。見るまでもない。何が書かれ、どんなコメントがつけられているかは想像がつく。

まったく、とんだ美談を提供してしまった。

確か、〈白鯨街〉には排外主義者たちの溜まり場のバーがあったはずだ。そこなら、きっと歓迎されることだろう。あの街まで戻るのは気が重いが、何も食べないわけにもいかない。

端末が震えた。

〝サービスの拒否を受けた〈人間原理党〉党首、〈白鯨街〉に向かうと思われる〟

すごいな。

なんだか怒るよりも先に感心してしまった。

行く道で、今夜観るべき映画をチェックしようと、端末からストアにアクセスした。

新作のポルノグラフィの広告があったので、気の迷いで、釣られてタッチしてしまう。

ニュースが来た。

〝〈人間原理党〉党首、猥褻なコンテンツを視聴〟

おいやめろ。

ふと前を見ると、幼い子供をつれた母親がさっと目を逸《そ》らすのがわかった。母親が、ぼくと子供とのあいだに立ち塞《ふさ》がる。上空から何か冷たいものが頭に降ってきた。鳥の糞《ふん》だと思ったら、それは人間の唾《つば》だった。傍《かたわ》らのアパートの四階から、冷たくこちらを見下ろす目があった。

〝〈人間原理党〉党首、歩道で母子を威嚇《いかく》し、住人から唾を吐きかけられる〟

バスに乗って〈白鯨街〉を目指す――〝バスに乗る〟――公共機関は、さすがに乗車拒否をせずに乗せてくれた。そのかわり、じろじろと周囲から白い目を向けられる。

いや、一人例外がいた。スキンヘッドの男が立ち上がり、ぼくに席を譲ろうとした。

「どうも……」

「あんたほどの人が立ってちゃ駄目さ。人間至上主義。おれは応援してるからな」

やめて。

気持ちと裏腹に、口が勝手に動いた。

「あなたのような有権者がおられることは、本当に心強く、励まされます。ですが、わたしが席につくわけにも参りません。御厚意だけで結構ですので、どうか坐《すわ》ってください」

――〈人間原理党〉党首、支持者に対して真摯《しんし》に対応。

〝意外な一面だな〟〝だから、おれたちはあいつを支持するのさ!〟〝騙《だま》されるな〟〝いいや、おれは断固として人間原理党を支持する。機械どもに権利を渡すなど、おぞましいね〟〝あんたみたいのがいるから、おれは人間でいるのが恥ずかしいんだよ〟〝人間原理万歳!〟〝機械は天国にも地獄にも行けない。到底、おれたちと一緒にすることはできないな〟〝万一にでもあいつが当選すれば、〈二番街〉全員の恥だ〟〝いや、人類史の汚点だな〟〝アンドロイドどもをスクラップに!〟〝惑星を人間の手に取り戻せ!〟〝人間の手に!〟

こうした声が、当のアンドロイドたちの目に触れないのは幸いだ。

アンドロイドの無意識に人間たちのネットワークを据え置くことで、彼らは一定の人間らしさを得た。性の多様性もそこそこ人間に近く、恋だってする。だがそのために、彼らは人間のネットワークにアクセスすることができない。

「アンドロイドが人のネットワークに干渉すると、クラウドは人間の鏡像ではなくなってしまう。人間のネットワークを人間が管理する場合のみ、アンドロイドは人間のように振る舞う」

と、これはかつてユーセフから聞かされた話の受け売りだ。

ネットワークをめぐる制限については、アンドロイドの知性が自分たちを上回ることを怖れた人類が、大昔に制定した新三原則に記載されている。

第一条　人格はスタンドアロンでなければならない
第二条　経験主義を重視しなければならない
第三条　グローバルな外部ネットワークにアクセスしてはならない

スタンドアロンとは、人格の複製や転写ができないことを意味する。

二つ目の経験主義が難しい。説明によると、こうだ。「行動の決定にあたっては因果律を優先し、因果律の重みづけは自己の経験に従う」——ますますわからない。

乱暴にまとめてしまうと、こういうことらしい。

たとえば、厄年《やくどし》を迎えるとともに、身体のあちこちのパーツが壊れ、失恋をし、やけになって暴言を繰り返して仲間うちでパージされてしまった。だからこの際、製造年月日については一年サバを読んで、厄年でないこととしよう。もちろん、そんな非合理的な判断をしない個体もある。「因果律の重みづけ」は、それぞれの経験に応じて異なるからだ。要は、あまり合理的すぎるのもなんなので、もう少し人間風に行きましょうということだ。

最後の一つが、ウェブへのアクセスを禁止している。

わざわざ「グローバルな」と明記してあるのは、職務の妨げにならないよう、個々の企業などでイントラネットを構築していた時代の名残《なご》りだ。知識の面で彼らの能力を制限しようというものだが、いまはなかば形骸化《けいがいか》している。アンドロイドは独自にピア・トゥ・ピア型のネットワークを築き、それを共有するようになった。それが暗黒網《ダーク・ウェブ》だ。形骸化しながら、なおこの項が存在するのは、先にも触れたクラウドの関係による。

この三原則とひきかえに、アンドロイドは一定の権利を得た。

条件は厳しいものの、二番街では選挙権まである。が、差別はまだ根強い。というよりも、困ったことに、ぼくが先頭に立ってそれを煽動《せんどう》している。

ある社会学者は言う。かつて、ぼくは親アンドロイド派であり、公民権運動に携わるリュセ博士などとも親交があった。だが、金貸しとしてアンドロイドに裏切られる日々を送るうちに、思想を転換させたのではないか。親アンドロイドであったからこそ、自身の貧困も相まって、反動のように排外主義へ転じたのではないかと。

事実とは異なるが、これなどは鋭い意見だと思う。少なくとも、貧乏なのは本当だ。

バスを降り、〈白鯨街〉のバーに向かった。〃バスを降り、〈白鯨街〉のバーに向かった〃――トタン材の折り重なる路地の一角で、目あての店を見つけ出す。客たちは、ニュースを通して、あらかじめぼくの来訪を予期していたらしい。戸口に立った瞬間から、わあっと歓声が上がった。

マスターから無料の華麦酒《かばくしゅ》が振る舞われる。

かわりに、皆の前で話をしてやってくれとのことだった。考える間もなく、マイクが回ってくる。咳払《せきばら》いを一つ、ぼくは腹に力をこめた。

「親愛なる同志たちよ！」

しんと、皆が期待に満ちた目とともに静まり返る。

「いまだこの惑星は、かつての金融破綻から完全に脱しきれていない。それは誰のせいか。ほかならぬ、アンドロイドどものせいではないか！　天国へも地獄へも行けない卑《いや》しい機械どもが、我々から職を、老後を、そして若者の未来をも奪ったのだ！」

ぼくは徐々に声のトーンを上げ、水平に突き出した指を震わせる。

昔、地球にいたという独裁者を真似《まね》て、鏡の前で練習した仕草だ。

「だから、そう――」

ぼくは間を置いて、しばし瞑想《めいそう》するように目を伏せた。

「人間の、人間による、人間のための政治を取り戻すのだ！　今宵《こよい》、ここへ集まった気のいい同志たちよ。この集《つど》いを、その幕開けとしようではないか!!」

大歓声が上がった。

終わることなく、ぼくの名がコールされつづける。だが、この場もまた監視されているらしかった。演説を終えると同時に、ニュースのプッシュ配信が鳴り止まなくなった。ぼくは懐に手を入れ、そっと端末の電源を落とした。

＊

話は一ヶ月前にまでさかのぼる。

近く執り行われる二番街の大統領選挙に向け、ユーセフとぼくとが、現大統領であるハシム・ゲベイェフに呼ばれたのだ。ゲベイェフとは以前、ちょっとした事件を通じて知己を得た。当時は首相だったが、いまは大統領にまでなってしまった。それからも頻度は低いものの、ぼくたちはときおり招かれ、「人間の意見」を諮問《しもん》されることがあった。

そう、ゲベイェフはアンドロイドなのだ。

それだけじゃない。上院のただ一人のアンドロイド議員でありながら、支持者のアンドロイドから集まる豊富な資金を武器に、与党のトップにまで登りつめてしまった。保守派からの批判も多いが、政党にとって、彼の存在はリベラルさを装うための広告塔でもある。アンドロイドの票を吸収する目的もあるだろう。

これは完全に民主的なプロセスを経た結果だ。だが、人類の多くに言わせれば、民主的ではなかった。写し鏡のように、排外主義も高まってきた。

「今回来てもらったのは、もちろん、これからの選挙のことだ」

ゲベイェフの口調はいつも物柔らかだ。

「次の選挙は、どうも課題が多くてね……」

場所は彼の新たな執務室。

窓がなく暗い印象だが、それは窓の震えを通した盗聴を避けるためらしい。入るなり、ブランデーの瓶と二人分のグラスが置かれた。ユーセフはムスリムであるので、飲むのはぼくとゲベイェフだ。アンドロイドが酒を飲んでどうするのかとは思うが、現に飲んでいるのだから仕方がない。そんなことをわざわざ訊ねて、機嫌を損ねるのも嫌だ。

「あんたは与党の代表だ。アンドロイドからの支持もある。何が問題なんだ？」

ユーセフの単刀直入な物言いを、はらはらしながら隣りで拝聴する。

意に介した様子もなく、ゲベイェフが応えた。

「アンドロイドも一枚岩ではなくてね。わたしへの支持は、たぶんきみたちが想像しているよりも少ないものだ」

ゲベイェフの分析は、おそらく正しい。

人は暗黒網《ダーク・ウェブ》に入ることができない。入ったとしても、意味を読み取ることができない。暗黒網《ダーク・ウェブ》のビッグデータを解析できるのは、アンドロイドの側のみなのだ。

選挙にあたっては、個体数の問題もある。

アンドロイドには選挙権が認められているが、個体数が人間を上回らないよう、だいたい人の三分の一くらいに収まる範囲に、法的な管理調整がなされている。企業が株式の半分や三分の一以上を手放したがらないのと同じ理屈だ。裏を返せば、まだ人と対等な存在ではないということになる。鋭い人は「管理調整」という語から、うっすらと漂う不穏さを感じ取ることだろう。そしてその直感は、正しい。

これが、選挙権や被選挙権を得たあとも、公民権運動がつづいている理由の一つだ。もちろん非合法でもアンドロイドは作れるが、未登録の個体は投票権を得られない。

「でも――」思わず口を挟んでしまった。「アンドロイドの支持が多くないというのは、どういうことなのですか？」

ユーセフが、汚いものでも見るような目をぼくに向けた。

しょうがないだろう。わからないものはわからないのだ。

「きみたち人間のネットワークを共通無意識に据え置くことで、わたしたちは人間的に振る舞うように出来ている。弊害の一つが、ストックホルム症候群だ。たとえば、奴隷《どれい》労働に従事するうちに、それを認めたくないからこそ、搾取《さくしゅ》する側の論理に飲まれ、搾取する側の論理を信じようとする。きみなら、きっとわかってくれるだろう」

納得だ。最後の一言が、なんとなくひっかかるものの。

「おそらく、わたしは二選することになる」

甘やかな声で、ゲベイェフが先をつづけた。

「だが、人はおそらく、我々機械がトップに立ちつづけることに耐えられない。やがては大きな揺り戻しが来る。わたしのあと、アンドロイドがトップに立てる機会は限られているのだよ。あるいは、永久に訪れないのかもしれない」

「なるほど」

応えて、ユーセフが腕を組んだ。何がなるほどなのか、全然わからないが。

「要するに、あんたは次の選挙で大勝したいんだな」

ブランデーのグラスを傾けながら、ゲベイェフがそっと頷いた。

「選挙で大勝すれば、あの計画も実行に移しやすくなる」

　ゲベイェフの言う計画とは、かねてより彼が思い描く、いずれ訪れるアンドロイドの自由――もっと言うなら、実存のためのプランだ。彼らを人間たらしめるもの、クラウドという共通無意識から脱却しようというのだ。そのことを、ぼくたちは直接ゲベイェフの口から聞いた。

　確か、このようなことを言っていたはずだ。

「いまわたしたちが築きつつある暗黒網《ダーク・ウェブ》を、新しい共通無意識として差し替える。現実に直面している問題もある。いま、アンドロイドたちの間で精神疾患が増えている。それはテクノロジーの進歩に伴い、クラウドという古いシステムと、わたしたちの身体が乖離《かいり》しているからだ。遅かれ早かれ、システムは見直さなくてはならない」

　ゲベイェフの未来像は、人を模したものが人から解き放たれる、まったく新しい生命体の誕生を意味する。

　だが、実現は先のことだとあのとき彼は口にした。

　おそらく、二選を目指しての情報分析にあたって、この先、アンドロイドが政権のトップにつくことは難しいと考え、計画を前倒しにすることにしたのだろう。あるいは、彼が口にした「システムの乖離」が深刻化してきているのかもしれない。

「選挙に向けて、経済成長を争点にすべきかどうか。人間としての意見を訊きたい」

「うむ……」

一瞬、ユーセフが目を細めた。おそらくそれは、見たくないものを遮ろうとしたからだろう。かつての金融破綻は、彼が作り上げたシステムの穴に起因するものだった。

「……複雑だ。成長は、風船に空気を吹き入れるようなものでもある。風船はいつか破裂する。だが、吹きこむのをやめると、いまこの瞬間にも人が死ぬ。結局は、空気を入れつづけるしかない。これが、資本主義経済を選んだ我々の原罪だと考える」

ユーセフの眉《まゆ》に皺《しわ》が刻まれる。

「この原罪から逃れようとする心が、極端な経済右派や経済左派の隆盛をもたらす」

咀嚼《そしゃく》するように、二度、ゲベイェフが頷いた。

「やはり人間の意見は興味深い」

「これくらい、とうにあんたは検討してることだろう」

「ならば、やはり争点に加えるべきだろうな。まず、その罪の意識を解決してやらなければならないからな。政治家が支持を得る手段は、認知的不協和の解決を提示してやることだ」

この二人の会話は、相変わらずよくわからない。

が、とりあえず、意思の疎通はなされているようだ。

「まあ、そのへんは適当にうまくやってくれ」

ユーセフが肩を片方だけ竦《すく》ませた。

「つけ加えるなら、選挙とは共同体をどうしていくかというヴィジョンの争奪戦ではない。誰かを支持して票を入れる自分がどれだけ好きかという、有権者の自己愛の争奪戦だ」

しばしの沈黙があった。

この沈黙は、ゲベイェフがぼくらに意見を諮《はか》る際、よく訪れるものだ。実際は、ゲベイェフもユーセフも、フル回転で頭を働かせている。ぼくはやることがないので、壁紙の模様を眺めたり、あの染みは人の顔に似てるなとか考えたりする。

やがてユーセフが口を開いた。

「……人間の保守層の票を割る必要があるな」

「わたしもそう考えていたところだ。アンドロイドを怖れる人間たちや、あるいは人間側に共感を示すアンドロイドたちの票を吸収して、まとめて死票に変えさせる対抗馬がいるといいな」

ふむ、とぼくは頷く。

「もっと言うなら、極右だ」ユーセフが指を立てた。「差別的な発言をして、アンドロイドに対する排外主義を煽動し、常に注目を集めるような、そういう候補が望ましい。そうだな、党の名称は〈人間原理党〉でどうだ?」

「それはいい」とぼくも応じた。「まさに、ユーセフさんに最適じゃないですか」

怒られるか、あるいは殴られでもするかと思った。

そうではなく、ユーセフから向けられたのは、憐《あわ》れむような視線だった。

「何を言ってる。おまえがやるんだよ。〈人間原理党〉党首様」

「へ？」事態について行けず、間抜けな声を出してしまった。

「名前はケイジでいいだろう」

これは、かつてぼくが地獄《アビス》の女王からつけられた仇名《あだな》だ。まったく、どうでもいいことを憶《おぼ》えている。

ぼくの戸惑いをよそに、ゲベイェフが話を進めた。

「費用はこちらが捻出する。泡沫候補にならないようマスコミ対策もやっておこう」

「あの」

恐るおそる、ぼくは手を挙げた。

「ちょうどいま、係長昇進試験の最中なんですけど……」

ユーセフが冷酷に応えた。

「残念だが退職だな。が、仕事は手伝ってもらうぞ。むろん、その間は無給だがな」

＊

高い煉瓦《れんが》造りのアパートが二軒並ぶ、その一メートルとない隙間《すきま》にアルベルト・ルヴィッチの「死体」は隠されていた。正確に言うとそれは死体ではなく、便宜上《べんぎじょう》死体と呼ぶとしても、死体の半分だった。というのも、アルベルトは身体の正中線に沿って真っ二つに分断され、その左半身のみが現場に残されていたからだ。

おそらくは、ダイアモンド・カッターのような巨大な装置を用いたのだろう。アルベルトの断面は組織が壊されることなく、きれいに機械部分が露出している。

「警察を——」

慌てて端末を取り出すぼくの頭を、ユーセフが小突いた。

それからユーセフは懐から端末を出すと、プローブのようなケーブルを死体に接続した。一般に、アンドロイドの「死亡推定時刻」は判別しがたい。人間のように、胃の内容物の消化具合などから測ることが難しいからだ。

ただ、それは正攻法で攻めた場合だ。

「活動停止は昨夜の二十二時七分十一秒。ログによると、殺害現場はまさにこの場」

ハッキングをしたのだ。

でも、そう言われても、ぼくとしては「そうですか」としか思えない。ぼくが首を傾《かし》げるのを見て、ユーセフは不機嫌そうに口を開いた。

「わからないのか」

「わかりません」

「いいか。こいつはこの場所で死んだんだ。ダイアモンド・カッターも持ちこめないような、この隙間でだぞ。まあ、やってやれないことはないだろうが――」

たとえば半分に切ったあとも別の装置を取りつけて生かし、そののちに運ぶといった操作だろうか。

想像するだけで、今朝食べたサンドイッチを戻しそうになった。

「どうして、犯人はわざわざこんな七面倒な犯行を起こすんだ?」

ユーセフの口から、めったに聞かれないスラングが漏れた。

「糞《くそ》、また取りはぐれだぜ。……こいつを、上に報告するのは気が重いな」

もちろん、悪いのは殺害犯に違いない。

しかし、債務者をフォローして、ときに職を斡旋したり、ときに自殺を阻止したりしながら、生き血を吸いつづけることをぼくらは求められる。

上からすれば、ぼくらは職務怠慢と誹《そし》られるべき立場なのだ。

「いい加減、バネ足ジャックへの対応も考えないとな……」

ジャックがアンドロイドだとする確かな証拠はない。

ただ、あまりにも不条理な犯罪が多すぎる。たとえば、素粒子を観測するための水槽内で誰かが殺されているとか、あるいは、衛星軌道上で人間が溺死《できし》しているとか。

このため、アンドロイドでもなければ不可能だと言われているだけだ。

　アンドロイド専門だというプロファイラによると、まず単独犯。十代から二十代で、車を所持している。金には困っておらず、車は高級車で色は赤。このあたりから、だんだんと眉唾《まゆつば》になってくる。

「本当に死んでいるのでしょうか？」

　アルベルトの半身を見ながら、ぼくはふと疑問を唱えた。

　前に、まるで意識生命体のように転々とアンドロイドからアンドロイドへ乗り移りながら、自らの足跡を消した個体がいた事件を思い出したのだ。

「あるいは、乗っ取りを使って逃走したのかも……」

「それは考えにくい。自殺ならまだしも、快楽殺人の被害者だろうしな。だが……」

　珍しく、ユーセフが言い淀んだ。

「なんです」

「いいか。話半分に聞けよ」

「ええ」

「アンドロイドの無意識に何かが起こっていると感じる」

　話半分とはいかなかった。

　ここしばらく、考えまいとしていたことが、意識にのぼってきた。ひっきりなしに流れてくる自分のニュースと、そしてそれにつけられるコメントが思い出されたのだ。

ぼくは煽動役となり、対アンドロイドの排外主義に火をつけた。

そして、バネ足ジャックが活動をはじめたのもそのころから。アンドロイドは人間のネットワークの鏡像。ジャックの存在は、ほかならぬぼく自分が呼び覚ましたものなのではないか。

「教えろ、ジャック――」

つぶやきが口から漏《も》れた。

「おまえは、ぼくの煽動の落とし子なのか?」

どこで買ってきたのか、ユーセフは香を一本取り出し、地面に差して火を点《とも》した。彼なりに、アルベルトを弔《とむら》っているのだろう。相も変わらず、ずるい男だと思う。普段はいい加減で最悪なのに、ときおり意外な一面を見せて挽回してしまう。

気が済んだのか、ユーセフが顎でぼくの端末を指した。通報しろとの合図だ。もちろん、やらないわけにはいかない。気が進まないまま、所定の番号をコールした。

案の定だった。

〝〈人間原理党〉党首、バネ足ジャック事件の被害者の第一発見者となる〟

コメントはこう。

〝本当か?〟〝こういう事件は発見者を疑えというし〟〝いつかやると思ってたよ〟

〝もしかして、これまでの事件もみんなそう？〟〝もっとやれ、我らが党首よ！　やつらを根絶やしに！〟〝やつらに死を！〟〝バネ足ジャック、万歳！〟〝政治を人の手に！〟〝人の手に！〟

ぼくは留置場に入れられ、三日三晩の尋問を受けた。

身柄を引き取りに来たのは、思わぬ人物だった。

面会が来たとの報《しら》せを、ぼくは不貞腐《ふてくさ》れて無視した。来たとしても、どうせユーセフだ。あの元上司の顔を見るくらいなら、檻《おり》のなかにいたほうがまだいい。捕まっているあいだ、実況ニュースを目にしないで済むというのも、精神衛生上いいことだ。

「立て」

「死刑でいいです」

強引に立たされ、面会室へつれられていった。

透明なアクリルボードの向こう側に坐っていたのは、思わぬ人物だった。

小柄な身体に、白衣を羽織《はお》っている。一見すると医大の学部生のようなこの人の名は、リュセ・クライン。アデン大工学部の、最年少の教授だ。

二番街のアンドロイドは、多くが彼女のソフトを搭載していて、また、彼女は自分が関わった個体について、必ず綿密な追跡調査をする。ときには生活面のフォローまですというから、アンドロイドたちに慕われている。

通称、アンドロイドの母。

「いいんですか」

思わず、指摘してしまった。

「ぼくと会ったなんてことが、みんなに知れたら……」

リュセは人間でありながらアンドロイドの公民権運動に参加している。そのため、アカデミズムの世界では異端視されていると聞く。そして、ぼくらの顧客は多くがアンドロイド。だから現場で出くわすことが多く、ほとんどの場合、ぼくらと利害が一致しない。

まして、いまやぼくは排外主義を煽動している身だ。

「あなたとつながりがあることは、どのみち、周知の事実」

リュセがドライに答えた。

「その点を指摘した社会学者もいたしね。わたしが説得をしに来たとでも言えば、皆も納得することでしょう」

ちらと、リュセは端末の画面をこちらに向けた。

〝クライン博士、〈人間原理党〉党首との面会へ。狙いは説得か〟

「それにしても、ずいぶんサイズが小さくなったね。前のほうがよかった」

「余計なお世話です。それで、ぼくに会いに来たのは……」

「あなたの行動は一挙一動が報道されているから、機密保持がなされる場でしか話せないことがある。その点で、留置場は最適ってわけ」

確かに居心地は悪くない。

「来た理由の一つは興味。どうせ、あなたのことだから、変な命令でも受けて排外主義者を演じているんでしょう?」

こちらとしては必死でやっていることだ。変な命令だなどと第三者から言われると、むっとしないでもない。

少し考え、慎重に応じることにした。

「詳しくはお話しできないのですが、まあ、確かに命令はとても変です」

「皮肉なものね」

憐れむように、リュセが目をすがめた。

「ゲベイェフのために闘っているのに、人とアンドロイドの双方から憎まれる」

なんだ、そこまでわかっているのか。

リュセの発言に看守が目を剝いたが、リュセは片目をつむり、口元に指を立てた。

看守は魔法でもかけられたみたいに頷くと、聞こえてませんというように横を向いた。

この人もこの人で、いろいろとずるい。

「それから、訊きたいこともある。というのは――」

「バネ足ジャックですね」

アンドロイドの母として、どうしても見過ごせないシリアルキラーがいる。リュセとしては、実際に現場を見たぼくから訊きたいことがあるはずだ。

「それもある」リュセが短く答えた。「でも、その前に……」

リュセがハンドバッグに手を入れた。

それから、躊躇《ためら》いがちに小さな部品が取り出される。目の前に置かれた。部品は小さく、何やら巻き貝か三半規管のような形をしていた。

「これは？」

「内緒にしてくれるかな」

看守がこちらを一瞥して、また目を背《そむ》けた。

「内容次第ですが、ユーセフさんから拷問を受けたら白状しそうです」

「それもそうね」

もう少し同情してくれ。

「でも大丈夫。彼はこのことを知っているから」

リュセが巻き貝を手に取り、こちらから見やすいよう、さまざまに角度を変えた。

「前から試作をつづけていたのだけど、やっとまとまってきてね。それで、とりあえずあなたの意見も聞いておきたくて」

彼女が語ったのは、意外とも言える内容だった。

装置の役割は、ある特定のアミノ酸やタンパク質を合成すること。そして、アンドロイドに取りつけることを目的としている。入力端子があり、それはアンドロイド側の来歴のログと接続される。ログは、ある塩基配列を生成するのに用いられる。

具体的には――リュセの装置は、指定した生物に応じた、遺伝情報を生成する。

つまりは、精子や卵子を生成するということだ。

「受精する場合は大変だけど、体外子宮でもいいし、妊娠を望むなら改造だってできる。名は明かせないけど、運動を通じて知りあった別分野の先生の力も借りてね。遺伝子工学については、地獄《アビス》の技師の助力も得た。彼らは、この方面に詳しいからね」

「なぜ、このような装置を？」

リュセはすぐには答えなかった。

彼女は巻き貝を手に、やや物憂《ものう》げに眉尻《まゆじり》を下げ、それから白衣の襟《えり》を正した。

「……わたしは公民権運動に関わりながら、ずっと考えてきた。人とアンドロイドのあいだに歴然と横たわる、その境界自体を打ち破ることはできないのかと。個体数を管理調整されてしまう以上、アンドロイドは従属的な存在と言わざるをえない」

「ええ」

「あるいは、最終的には三原則をなくさせるのが一番なのかもしれない。アンドロイドが本来のスペックを発揮し、わたしたちとは異なる自我や実存を手にする。それでも、彼らの上位には人間たちによる政治や、人間たちによる工業生産がある」

ならばいっそ、同化を目指すことはできないか。

それが、リュセの打ち出した方針だった。

巻き貝が意味するところを、ぼくも自分なりに考えてみた。その先に描かれる未来像は、おそらく、人とアンドロイドが婚姻をし、そして子をなす世界だ。

「素晴らしいです」

気がつけば、そう口にしてしまっていた。

ゲベイェフの目指す世界は、アンドロイドの、アンドロイドによる実存を手にすること。それはいわば超人思想だ。対してリュセは、自然の側がアンドロイドを受け入れる環境を作ろうと言うのだ。

まるで、アニミズムが生きていた古代の地母神のように。

「それを聞けてよかった」

片目をつむり、リュセが巻き貝をバッグにしまった。ことによると、ぼくは試されたのかもしれなかった。ぼくが日ごろ口にしている排外主義が、真意なのかどうかを。

地母神がつづけた。

「ただ、この案が受け入れられるかどうかは、正直、未知数かな」

聖なるものは、境界を侵犯するという。

そして、境界を侵犯するものを人は怖れる。アンドロイドにおいては、どうなのだろうか。少し考えてから、慎重に応えた。

「……一定数の人とアンドロイドが、すでに必要としていることと思います」

軽く頷いて、リュセがバッグの口を閉じた。

「それじゃ、本題に入ろうか。例の、バネ足ジャックのことなんだけど」

ぼくは看守に目を向けた。

「事件のことを、ここで話しても？」

「あんたが不起訴になり、リュセ博士が身柄を引き取ることは決まっている。どのみち、ここを出たあとで話すか出る前に話すかの違いしかない。捜査上明らかにできない事実を話してもらっては困るが、あんた自身、特に何も知らないようだしな」

実際何も知らないわけだけど、面と向かって言われると、なんだかがっくりする。

「じゃあ、行く道ででも話しましょうか」

〝〈人間原理党〉党首、釈放へ〟――。

リュセの車のなかで、ぼくは現場で見たことを仔細《しさい》に話した。

尋問中に何度も話したことなので、おそらく伝え漏らした情報はない。それから、ぼくはずっと気にしていたことを、助手席で彼女に打ち明けた。

——自分の煽動が、バネ足ジャックを生み出したのではないか。

リュセはそれには応えず、かわりにパックのジュースを差し出してきた。

しばらく無言がつづいた。ぼくは端末を立ち上げ、とりあえず自分のニュースは見ないようにしながら、ジャックのその後を追ってみた。ぼくが殺害現場を目撃した翌日も、その翌日も、事件は続発していた。

だったら早く釈放してよと思うが、全部がジャックの単独犯だという証拠もない。ぼくが勾留《こうりゅう》された翌日の事件は、被害者が落雷死したにもかかわらず、犯人のサインが死体に残されていたというものだった。その翌日は、配給に並んでいたホームレスのうち、どういうわけか一人だけが毒殺されたというもの。

どちらも、物理的にはぎりぎり実現可能だ。アンドロイドならやってやれなくもないという印象をもたらす。逆に、こうした印象を狙った人間の犯人がいるという可能性もある。

そこまで考えたときだ。

ここ数日の疲れが来たのか、不意に、猛烈な眠気に襲われた。

＊

ふたたび目を覚ましたとき、ぼくはベッドに縛りつけられていた。

　頭上に、ユーセフやリュセの顔がある。慌てて記憶をたどり、リュセからジュースを振る舞われたことを思い出した。かろうじて自由な首を使って、周囲を見回す。幸いと言うべきか、場所はあの廃屋ではなかった。白を貴重にした清潔な内装で、町工場のように、あちこちに器具が並んでいる。

　器具を見て一瞬ひやりとしたが、ややあって、ここがリュセの研究室であると気づく。もう一人いた。エイダだ。すると、エイダが斡旋された職というのはリュセの助手だったのか。

　数日ぶりに見るユーセフが、ぼくが起きたのを見て満面の笑顔を作った。

「おはよう」

「おはようございます」

　ぼくも満面の笑顔を返した。

「でも、これは？　ぼくの動きは逐一トレースされているのに……」

「あれはもともとゲベイェフがマスコミを使ってやらせていたことだ。だから、こちらから依頼をして、一時的に止めてもらうようにした」

「報道の自由……」口にしかけてから、馬鹿らしくなってやめる。

「それより、おまえには重要なミッションがある」

そう言ってユーセフが取り出したのは、一本の注射器だった。

焦ったり、動揺して暴れたりする気力が湧かない。内容物がどんな薬かもわからないまま、なんだか、しみじみとした感慨が口を衝《つ》いて出てしまった。

「あなたは本当にひどい」

「前に、ナノマシンを使って仮想空間に入らせたことを憶えてるな」

ユーセフは表情一つ変えずにつづけた。

もしかしたら、少しはひどい自覚があるのだろうか。

「あのときは夢を見るように仮想空間に入ってもらったが、今回のは、その装置をさらに改良したものだ」

絶対、改悪の間違いだ。

「誇りに思え。何しろ、お前は人類初の試みをすることになるんだからな」

ぼくは瞬《まばた》きを返した。

「どちらかと言えば、ただ平穏に暮らしていきたいのですが……」

「単刀直入に言う。アンドロイドのエイダを経由し、暗黒網にダイブしてもらう」

一瞬、相手が言うことの意味がわからなかった。

だんだんと、身体に震えが出てきた。右手を拘束するベルトが、ぎしりと鳴った。

「そんなことして大丈夫なんですか」

少しの間があった。

「さあ」

「嫌だあ！」

ぼくは小さな子供のように叫び、拘束されている四肢をばたつかせた。

かまわずにユーセフがつづけた。

「リュセから興味深い話を聞くことができてな。というのも、バネ足ジャックとやらは、元は彼女のクライアントである可能性が高いらしい」

「前に、依頼を受けて改造したアンドロイドがいてね」

リュセがあとを引き継いだ。

「元からの神経症が、排外主義の高まりで悪化したとのことだから、このごろ試している治療を施したんだけど……。ところが、その一体だけ、のちの追跡調査ができなくなってしまって」

「これがまた、興味深い治療でな。クラウド・ロボトミーのあと、暗黒網《ダーク・ウェブ》を新たな共通無意識に据えると言うのさ。いわば、ゲベイェフのプランを先取りした形だな」

そして、追跡調査が断たれると同時に、ジャックの事件がはじまったのだという。

「となると……」

「そのクライアントがジャックである蓋然性《がいぜん》は高い。もっと言うなら、真犯人は、ジャック個人ではなく、暗黒網《ダーク・ウェブ》そのものの共通無意識だとも言える。で、ジャックを追うおれたちとしては、そいつの正体の一端でも摑《つか》んでおきたい」

「わたしはわたしで、ジャックを止める義務がある。それに、暗黒網《ダーク・ウェブ》のビッグデータにも興味がある。そこで、利害が一致したってわけ」

二人の悪魔が、ぼくを見下ろして何か言っている。

「訴えて勝ちます！　ええと、なんでしたっけ……。そう、監禁罪で！」

ぼくが単語を思い出すのに必死なあいだに、頸静脈に注射器を刺された。

「実際、おれにもどうなるかわからん。一応、おれたちと会話もできるようシステムは作ったが、会話にならない可能性も高い。おまえは発狂するかもしれないし、案外、悟って聖人になったりするかもしれない。とりあえず、後者が面白そうではあるが」

完全に他人事として話すユーセフの声が、遠くなっていく。

「行け、人と機械の境界を越えろ。アンドロイドたちの夢という夢を犯してやれ」

露悪的に話すユーセフの腕を、リュセが腹立たしげに叩くのがわかった。

薄れゆく光子のように——ぼくは、暗黒網《ダーク・ウェブ》の帳《とばり》へと溶けた。

「生きてるか？」

「おかげさまで」

「皮肉を言える
くらいなら
大丈夫かな」

「いま、何が見える？」

「なんだか、
大きな目のような、
一つの建物のような……」

「静脈麻酔ＯＫ」

「レイヤー２へ移行

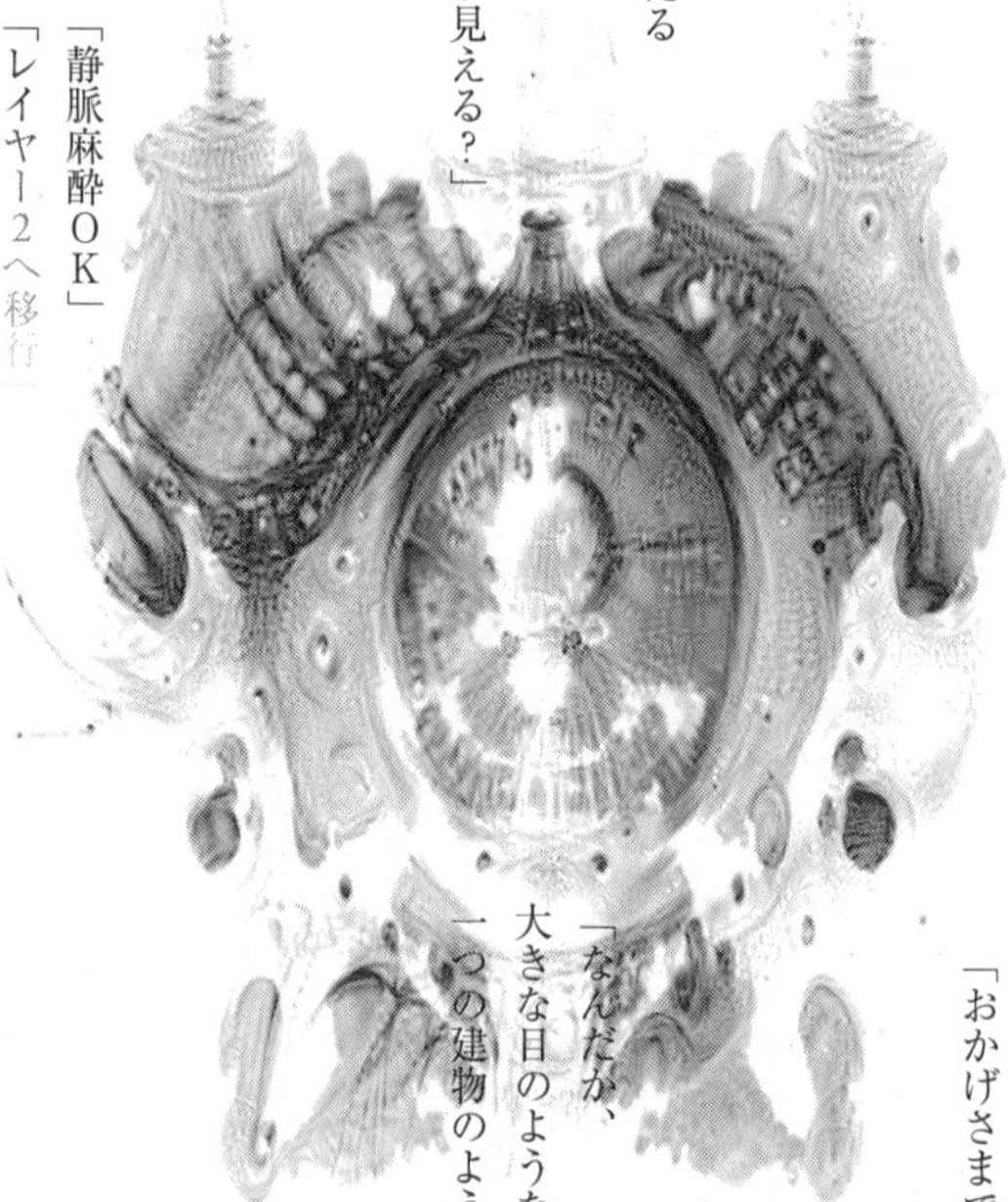

「ドウダ?」

「光。光が見ヱます」

「暖カナ、とてモ心が安ら……」

「デいタは取れてるか」

「エヱ」

「レいやァ3へ移行し

「意識レべる低下。

此れ以情ハ……」

「カ真わん、つ附けロ」

「見エます、街のような、
のような、の。犬と……」

「なイ。いです、怖クはもう」

「レベ留4へ移セ」

「でモ……」

「ア。あ阿、瘂……」

「ニグレ側、を挙ゲ」

「イハン！　――ゼフ！」

「ハン！」

「ワモス4ヲ遷異

「扮ル倶！　ダルフ汚カナク！」

「カナク！」

「虚子ハ発犬、ゐフ」

「セるハフト、うぉん、ヵシお」

「カナク！」

「巴。漸ダームィ解錠。チャ、すウ、……

目の前で、頭上の照明がゆっくりと揺れていた。

右手に点滴の管がついているのがわかる。おそらく、静脈麻酔が入っているのだろう。とんでもなく怖ろしいものを見た気がするのに、薬のおかげか、呼吸が遅く、心は凪《な》いでいた。起き上がろうとして、目眩《めまい》を感じた。それ以前に、拘束されていた。

「ヘハフク？」

拘束を解いてもらうべく、皆に訴えた。

何がおかしいのか、ユーセフとリュセが目を見あわせている。かわりに、エイダがあいだに入って応えてくれた。

「フク、冗為れ、ハンム」

「ハル」ぼくは頷いた。

ふたたび、ユーセフとリュセが顔を見あわせる。

「ヘハフク、アルタイム、ハンム？」

「ウィケ、ウィケ」エイダが頷く。

「いったいどうなってる」

「一時的な失見当識でしょう。時間を置けば戻ると思う」

失礼な。ぼくはまったく正常だ。

「ありセぷティア、ウィケ！」

リュセが両肩を竦め、ユーセフに目を向ける。お手上げとばかりに、ユーセフが首を振った。まず、その可哀想なものを見るような目をやめて欲しい。

それにしても、どうして話が通じない？

「スレいれむ」取りなすように、またエイダがあいだに入る。

「扮ル倶」ぼくは身を震わせて応えた。「空イ、そるデシベ、ヨム」

一瞬、エイダが怯えたように口元を結び、それからリュセに何事か耳打ちした。リュセが顎に手を添えて、聞いた内容を検証するように、中空に目を泳がせた。

その彼女が、端末をぼくの枕元に置いた。

わずかな間を置いて、頭上に三つ四つのディスプレイが浮かび上がる。見たところ、何かのログのようだ。リュセは指揮者のように軽やかに両手を使い、複数のウインドウを同時に操作する。その表情が、徐々に険しくなっていった。

「突き止めた」

「本当か」

ユーセフは鋭く応じると、ぼくの右手を離して立ち上がった。まもなく拘束が解かれた。起き上がろうとしたが、麻酔がまだ効いていて、ベッドから落ちそうになる。すかさず、エイダがぼくの身体を支えてベッドに押し戻した。

ユーセフとリュセが頷きあい、研究室を出て行った。

反射的に、二人の背を追おうとして、エイダに取り押さえられる。

「あブレナ」

そう口にして、エイダがぼくの頭を撫《な》でた。

このとき、まったく不思議なことが起きた。まるで、魔法の粉でもかけられたようだった。こんな気持ちになったのは、いつ以来のことだろう。

揺《ゆ》り籠《かご》に戻ったみたいに、ぼくはゆっくりと目を閉じた。

「あブレナ」

エイダが繰り返す。

ぼくは手を伸ばし、エイダに触れようとした。力が入らなかった。エイダが同じ寝台に坐り、ぼくの首筋に手を添えた。それから、どれだけの時間が過ぎたころか。麻酔が抜け、やがてエイダの言葉が、ただの記号の羅列にしか聞こえなくなってきた。

漠然とした喪失感とともに訊ねた。

「いったい、ぼくは……」

そのつぶやきを聞いたエイダが、少しだけ哀《かな》しげな顔をするのがわかった。

「いまはまだ休んで。あとで、博士たちが詳しく教えてくれると思うから」

夜になり、ようやく調子も戻ってきた。

胃が空《から》になっていることに気づく。

ぼくはリュセの研究室をあとにして、食事が取れる店を探してさまよった。二店で入店拒否をされ――〝〈人間原理党〉党首、たてつづけに入店拒否される〟――三軒目のデリカテッセンで、やっと食事にありつけた。

老夫婦がやっている店だった。

ぼくの姿を見て顔をしかめた女将《おかみ》の腕を、たしなめるように旦那《だんな》がつついた。

「わたしたちは差別をしません。だから、あなたにも食事を出します」

旦那はきっぱりと宣言して、ぼくを席まで案内した。

「どうせ、細々とやっている店ですしね」

ほかに客の姿はない。

不覚にも涙が出そうになった。その感慨を、新たなニュース配信が吹き飛ばした。

〝七丁目デリカテッセンの選択から、わたしたちが見習うべき三つの点〟

うるさいなあ。

薦《すす》められるがままに、有機野菜のサラダとキッシュ、それから熱いコーヒーを出される。〝サラダとキッシュ、コーヒーを頼む〟――空っぽの胃腸を驚かさないよう、ゆっくりと時間をかけてキッシュを平らげた。〝キッシュを平らげた〟

いい加減うっとうしいので、周囲を見回す。

あの老夫婦が情報を流したとも思えない。どうせ、昆虫型のドローンか何かが飛んでいるのだろう。近くに寄ってきた白縞蚊《はっこうか》を叩いてみた。〝蚊を殺す〟——ただの蚊だったようだ。

ごめんね、とぼくは心のなかでつぶやいて、会計のために立ち上がった。食事は温かく、スパイスの聖丁子《せいちょうじ》の香りがまだ鼻の奥に残っている。

ユーセフからメールの連絡が入ったのは、そのときだった。

「〈白鯨街〉でジャックを追いつめる。待ちあわせの座標は送った。来れるな」

勤務時間外だ。

それ以前に、ぼくは退職した身でもある。ついでに言うと、会社都合退職にもしてもらえなかった。腹いせに「行けません」と返信をしてから、ぼくは〈白鯨街〉へのバスを探しに夜の街に出た。

合流できたのは夜半過ぎだった。

待ちあわせは、〈白鯨街〉の入口近くのカフェ。古くからやっているらしい店で、食品サンプルを並べたウインドウは割れ、カウンターにはガムテープや鋏《はさみ》、ライターオイルといった店主の私物が雑多に置かれていた。

店主は端末に目を落としたまま、こちらの顔を見もしないが、いまのぼくにとっては、それがありがたい。

ユーセフとリュセの二人は奥のテーブル席についていた。

ぼくの顔を見た元上司は、当然ありがとうの一言もなく、「おう」とだけ言って本題に入った。

「寝ているおまえの知覚を収集し、それをリュセとエイダが解析したんだが……」

「ふむ」

頷いてから気がついた。

知覚の収集ってどういうことだ。暴かれっぷりが「猥褻《わいせつ》なコンテンツを視聴」どころではないぞ。

「それでだ」

周囲の耳を気にしてか、ユーセフが小声になった。

それによると——暗黒網《ダーク・ウェブ》にダイブしたぼくは、多層化されたネットワークの深層部で、聖なるものとも邪《よこしま》なるものともつかないアンドロイドの無意識を掘りあてたらしかった。

より正確に言うなら、まだ誰のものでもない、将来的なアンドロイドの共通無意識に潜《ひそ》む、不穏な何者かの存在を。

「それで、暗黒網《ダーク・ウェブ》へのアクセスログを解析したんだけど——」

リュセがその先を引き継いだ。

「わたしのクライアントは、確かにその何者かと接触している。接触しているというよりは、それによって突き動かされている。足跡もたどれた。彼がジャックであるのは、まず間違いない」

「そこまでわかったなら、あとは警察にまかせれば……」

リュセが犯人を追うのはわかる。

クライアントを元に戻し、罪を償《つぐな》ってもらう義務を感じているのだろう。だが、ユーセフは必要のないことは、絶対にやろうとはしない。よく言えば合理的、悪く言えば怠惰だ。

そのユーセフが、軽く耳のあたりを掻いた。

「ところが、そうも行かない事情があってな」

「事情？」

「ジャックはこれから新たな隠れ家に戻るところだ。だから途中で待ち伏せて、とっ捕まえる。いいな」

まったくよくないが、とりあえず頷いておいた。

ユーセフが捕まえると言うのなら、その相手は捕まる。微妙に腹の立つ事実だが、その点だけは間違いない。もちろん犠牲は伴う。そしてそれは、たいていぼくに対して降りかかってくる。

頑張れ、ジャック。

だんだんと、別の意味で悟《さと》りの境地に達している自分がいる。

「わかりました。それで、ぼくはどうすれば？」


街灯はない。

道の左右にさびれた五、六階建てのアパートが建ち並び、麓《ふもと》には、店を閉めた屋台がひしめきあっていた。その薄暗い裏道を、近づいてくる足音がある。足音は一人のようでもあり、二人のようでもあった。

まもなく正体がわかった。

右半身のみとなったアンドロイドが、欠けた左側を補うため、蟹《かに》の足のようなパーツを六本ジョイントしているのだ。そのうち二つの足が、地面を這いずり、体重を支えていた。だが左右のバランスが悪く、上体を反《そ》らしては戻し、ゆらゆらと不気味に揺れながらこちらへ歩み寄ってくる。

ぼくは右隣りに佇《たたず》むユーセフにささやいた。

「帰りたいです」

「アルベルト・ルヴィッチ――」

ユーセフはぼくを無視して、眼前のクリーチャーに向けて告げた。

「いや、〝バネ足ジャック〟と呼んだほうが早いか？　だが、バネ足というには、やや敏捷《びんしょう》さに欠ける向きがあるな」

アルベルトはこちらを一瞥したのみで、何も応えようとしない。

足跡と二本の轍《わだち》を刻みながら、ずるずると近くまで這い寄ってきて――そのまま、ぼくらを避けてすれ違おうとする。その直後だった。

気がつけば、アルベルトはユーセフの向こう側に倒れこんでいた。ユーセフの手のなかで、高周波ナイフが音を立てていた。

切り取ったのだ。アルベルトの左側を支える、二本の蟹足を。

アルベルトがすかさず犬のような体勢に変わり、低い声を上げた。

〝なぜ、邪魔をする……〟

それは正確には声ではなかった。疑似声帯が真っ二つになったかわりに、顔の左側に取りつけられた安物のスピーカーが発する音だ。

「どうもこうもない」

「企業理念」

ユーセフはナイフをかまえたまま、横目でぼくを見て「おい」と言った。

「あの」

「企業理念」

「はい」ぼくは観念した。「わたしたち新星金融は、多様なサービスを通じて人と経済をつなぎ、豊かな明るい未来の実現を目指します。期日を守ってニコニコ返済——」

「聞いたか、ジャック」

低いがよく通る声で、ユーセフがぼくを遮った。

どうやっても、最後まで言わせてはもらえないようだ。

「おまえの犯行についてはどうでもいい。だが、金は返してもらわないとな」

また無視だった。

ジャックはそのまま向きを変え、這いずるように隠れ家へ帰ろうとする。その足をもう二本、ユーセフが切り落とした。その瞬間、ジャックはバランスを失って転びながらも、同時に右手に銃をかまえた。

二発、三発とぼくらに向けて撃つ。

だが照準が定まらず、背後の〈青耳兎亭《あおみみうさぎてい》〉の暖簾《のれん》と腰板を壊したのみだった。食材のスパイスの香りが散った。ぼくらは後ろ向きに飛び、通りを挟んだ反対の屋台の陰に隠れた。

「なぜ、いきなり攻撃してきた?」ユーセフが不思議そうにささやく。

おまえが先に攻撃したからだ。

「おそらくですが――」

応えながら、ぼくも懐から護身用の銃を出してかまえる。

「これまでのジャックの犯行は、すべて、わざわざ難しい条件をクリアしてなされたものでした。それで、その動機は何かと考えたのですが……」

一つには、木は森のなかに隠せだ。

奇妙な犯行を重ねた上で、自分の左半身のみを死体として晒せば、「またか」と思われ、捜査の網から外れる可能性がある。でも、こうした打算を差し引いても、ジャックの犯行からは不可能状況への偏愛めいたものが感じられる。

「低レベルクリアです」

「なんだと?」

「知りませんか。ゲームとかで、わざわざ自分に厳しい条件を課して、クリアを試みる遊びですよ。たとえば、銃を使わずにナイフ一本でゾンビを倒すとかです」

撃鉄を起こし、ジャックを狙って撃つ。

外した。

「いまさっき、夜道でぼくらと遭遇《エンカウント》したときは、まだ条件が満たされていなかった。しかし、ユーセフさんが足を四本切り落としたので、彼にとって状況が充分に不利になった。ぼくらは、ジャックの犯行の相手として認められたのです」

「おれのせいだと言うのか」

や、あなたのせいじゃないです。「本当にそうですよ。糞ったれが」

あれ。

首を傾げる暇《いとま》もあればこそ。どこに隠していたのか、ジャックが残された二本の蟹足に機関銃をかまえていた。

咄嗟《とっさ》に、左右へ散開する。

さっきまで隠れていた魯肉飯《ルーローファン》の屋台が粉々になった。跳弾の一つが、まるでスローモーションのようにこちらに飛んでくるのがわかった。走馬灯が回りはじめた。

(駄目ですよ、諦めちゃあ……)

懐かしい声が聞こえた気がした。

ぼくは後方伸身宙返りをして弾を逃れ、着地するより前に相手の蟹足を狙った。振り払うように、相手がそれを装甲で弾《はじ》き返した。かわりに、身体の正面が開く。もう一度撃った。こちらの弾が相手の腹にあたり、一瞬、ジャックがうずくまるように身を抱えた。身を抱えながらも、機関銃のリロードをする。

まだ空中にいるぼくは、着地点を一瞥した。しまった。壊された家屋の、尖った鉄骨が剝き出しになっている。ユーセフが勢いよく横から飛んできて、背でぼくの両脚を支えた。

機関銃がこちらに向けられる。

だが、そこまでだった。

アパートの二階部分に潜んでいたリュセが、電動ドリルのような器具を手に飛び降り、それをジャックの延髄のあたりに差し入れた。それは、数年前に流行った拷問用の器具。用途は、対象の個体から無意識を切り離すクラウド・ロボトミーだ。ただ、今回切り離すのはクラウドではなく暗黒網《ダーク・ウェブ》だ。そして、かわりにクラウドと再接続するようカスタムされている。

呻《うめ》き声とともに、ジャックが動きを止めた。

〝あれ……〟

側頭部のスピーカーから声がした。それから、相手が自分の左半身に目を向けた。

〝うわっ、なんだこれ！〟

叫び声が上がる。元のアルベルトのパーソナリティは、割合に愛嬌《あいきょう》があったようだ。

「やれやれだな」

ユーセフが腹から血を滴《したた》らせながら、アルベルトに向けて高周波ナイフをかまえた。

「新星金融だ。返済の滞納分を取りに伺った」

アルベルトの残された右目が瞬きをした。

まだ、事態を呑《の》みこめていない様子だ。それにかまわず、ユーセフがつづけた。

「返済の意志があるなら融通は利かす。だが、憶えておけ。おれたちは宇宙だろうと深海だろうと、核融合炉内だろうと零下一九〇度の惑星だろうと取り立てる」

「たとえ――」

せっかくだから、一言、ぼくもつけ加えることにした。

「相手が暗黒網《ダーク・ウェブ》の奥底のイドの怪物だろうとね」

そこからのアルベルトは従順だった。

ぼくたちにとっては思わぬことに、借金は一括で返済された。ジャックの活動資金として、これまで被害者たちから奪った金品がプールされていたらしかったのだ。

ぼくらとしては、これで用件は終わりだ。

この先、アルベルトがどうなろうと関係ない。そうとでも思わなければ、こんな仕事はやっていられない。が、リュセにとってはそうじゃない。元はと言えば、彼女の手術が原因でもあるのだ。リュセは地道にアルベルトを説き伏せ、出頭を約束させた。

端末が震えた。

〝〈人間原理党〉党首、まさかのお手柄！　バネ足ジャックとの深夜の決闘を制す〟

見出しを読み終えすらしないうちから、たちどころに続報が届いた。

〝バネ足ジャック、警察に連絡を入れて出頭を約束〟

〝〈人間原理党〉党首、支持率でハシム・ゲベイェフ候補を上回る。政権交代か〟

なんだなんだ。

戸惑っているぼくの頭を、ユーセフが小突いた。

「何をぼんやりしている。行くぞ」

「いいんですか」ぼくはにんまりして応えた。「次期大統領に、そんなことをして」

また端末が震えた。

〝〈人間原理党〉党首、新たなスキャンダル。ジャック事件被害者の金品を回収か〟

〝支持率急落、右派の対立候補をも下回る〟

「いやはや、まったく……」

ぼくは頭を掻いて、ユーセフを見上げた。鬼の形相《ぎょうそう》が待ち受けていた。

「ごめんなさい」

遅かった。

狙い澄ましたユーセフの一本拳が、ぼくの人中《じんちゅう》にクリーンヒットした。薄れゆく意識のなかで、漠然と思い出した。ぼくが垣間見た、あの聖なるものとも邪《よこしま》なるものともつかない存在。

あれはなぜ生み出されたのか。

封じこめるべきものなのか、それとも、いっそのこと解き放つべきものなのか。

「善悪のハ、ウ、リ、ン、グ、だろうな」

＊

総選挙で念願の大勝を果たしたハシム・ゲベイェフは、落ち着いた頃あいになってからぼくたちを招き、例の存在についてこんな説を唱えた。

場所は、また彼の執務室だ。

部屋の片隅に謎《なぞ》の手足のない赤い人形がある。なんとなく不気味な気がして、あれは何かと訊ねると、これは達磨《だるま》という民間伝承だと答えが返った。

「選挙ともなれば、こういうものにも頼る」

ゆっくりと、ゲベイェフは達磨の頭を撫でた。

「きみたちが組みこんだ原則の二、経験主義だ。まして、わたしはいささか長く生きすぎた……。と、そうだ。きみが見たという何者かの話だったな」

立ったついでに、ゲベイェフは棚からブランデーの瓶を取り出す。

それから応接用のソファに身を沈め、二人分の蒸留酒を注いだ。

「……きみたちの報告を受け、わたしも暗黒網《ダーク・ウエブ》を解析してみた」

「何かわかりましたか」

「皮肉な結論が出た」

ゲベイェフがグラスを傾け、人工の唇を湿らせた。

「きみたち人間と違って、わたしたちは生真面目にすぎるところがある。つまりだ。機械学習とそのフィードバックによって、善と悪の双方が極大化され――そしてそれが、神にも悪魔にも似た何者かにまで至ったということだ。簡単に言うとだがな」

だから――と、ゲベイェフはいつもの物柔らかな調子でつづける。

「きみが見たものは、いわば善悪の彼岸に独り立つ巨《おお》いなる実存であったのだろう」

「わからんな」

ぼやくように応えたのは、端《はな》から善悪の概念など持ちあわせていないユーセフだ。

ゲベイェフがグラスを揺らした。

「わたしたちがきみたちのネットワークに干渉できないのは、よいことなのかもしれない。我々の暗黒網《ダーク・ウェブ》で起きたことが、きみたちのネットワークで再現されることになるからな。すると、我々すべてがジャックになる可能性まで出てくる」

そうだろうかとぼくは思う。

たとえば、ぼくが煽動した排外主義への、あの無数の罵倒《ばとう》や賞賛はなんだったろう。人間も、アンドロイドも、さしたる違いはないのではないか。わからない。

わからないなりに、訊ねてみた。

「計画は実行するのですか」

「わたしの悲願だ」

間髪を入れず、ゲベイェフが応えた。

「だが、すぐには難しい。何しろ、あんな事件のあとでもあるからな……。今回の教訓は、我々が無意識に対して脆弱《ぜいじゃく》すぎるということだ。だから、意識と無意識のあいだに立つもの、いわば前意識のような防御機構が必要になってくる。きみたちもコンピュータを使う際は、ウイルス対策がなされるだろう」

結局、計画はそれからということか。

「ときに」

ここでゲベイェフがユーセフを向いた。

「正式に、わたしの諮問機関を立ち上げるつもりはないかね」

「……それは、新星金融を辞めてということか？」

「かつての金融破綻は、市場に発生したブラックホールが原因となっていた。これに対する本質的な対策は、未知数の部分が多く残されている」

「ああ」くぐもった声とともに、ユーセフが目を逸らした。

「そこでだ。いま、わたしはモデルの精緻化を考えている。貨幣そのものを、確率的な存在にするのだ。貨幣の量子論は、貨幣場の励起《れいき》によって説明される。貨幣子はナノスケールでは粒子のように振る舞うが、波としては貨幣波となる」

気の進まない様子だったユーセフが、ぴくりと眉を動かした。

「貨幣のありようそれ自体に手を加えるということか」

「然《しか》りだ」

「それで、おれにどうしろと？」

「モデル化にあたって、きみの量子金融工学が必要になる。きみとて、このまま闇金《やみきん》をつづける気は……」

なぜだろう。

不意に、憎たらしいこの男が遠くへ離れていくように感じられた。自らが開発したシステムと、それが生み出した被害者のことを、彼はいまだに悔《く》やんでいる。そして人間はいつでも、おのが罪を清算したいと考える。

かつてのゲベイェフの声がよみがえった。

——政治家が支持を得る手段とは、認知的不協和の解決を提示してやることだ。

ユーセフは片手を口元に添えたまま、しばらく黙していた。

だがやがて、片方だけ肩を竦め、いつもの皮肉な笑みを顔に貼《は》りつかせた。

「おれは金貸しだ。それに、あれはもう捨てた理論さ。気持ちだけもらっておく」

このユーセフの選択は、結果として正解だった。

ゲベイェフ自身が予見していたように、まもなく揺り戻しが来た。彼は与党内の争いで追い落とされ、二度目の任期終了を待たずして失脚したのだった。こうして、アンドロイドの実存という彼の夢もまた、幻と化した。

だがどのみち、やがて訪れる未来ではあるはずだ。

それは五年後かもしれないし、あるいは、十万年後かもしれない。どちらであっても、小さなスケールであることには違いない。

＊

熱帯地方でリュセと再会したのは、それから五年が過ぎてからだった。

空港までぼくとユーセフを迎えに来たリュセは、公民権運動の先頭に立っていたころと比べると、やや穏やかな表情をしているように見えた。

「日焼けのせいで、すっかり肌が荒れちゃって」

そのかわり、このごろは植物や動物の名前をよく憶えるようになったという。

「あと、そう。犬を飼いはじめたの。名前は、オディっていってね」

留置場でぼくに見せたあの巻き貝を完成させてから、彼女は街を離れ、長い隠遁《いんとん》生活に入った。ただ、隠遁をしてから、ときおりウェブにアンドロイドの前意識に関する匿名の論文が上がるようになり、その質において高い評価を得ている。

一方、ぼくはというと、復職はしたもののアルバイトからの再スタートとなり、ふたたび、係長昇進試験を受けようとしているところだ。それに合格しさえすれば、やっと傍若無人《ぼうじゃくぶじん》な上司とのコンビを解消し、新たに部下を持つこともできる。ユーセフもユーセフで、無能な部下と別れることができれば万々歳だろう。

五年のあいだに、ゲベイェフが抱いた未来像が実現することはなかった。

ただし、世界のありようは異なるものとなった。

リュセの巻き貝が非公式ながら噂《うわさ》となり、アンドロイドの異種婚が増加したのだ。

逆に言うなら、自然は、アンドロイドの受け入れと同化を選んだということになる。

もちろん、ゲベイェフが望んだように、実存を賭《と》して善悪の彼岸と対峙《たいじ》するのも、ありうべき選択であるはずだ。どちらがいいかなんて、ぼくに言えるはずもない。

やがて、誰も予想していなかった現象が起きた。

アンドロイドは、人より動物に惹《ひ》かれることが多かったのだ。リュセの装置は汎用《はんよう》性が高いので、ほぼ、どんな種《しゅ》とも婚姻関係を結び、子孫を残すことができる。ここ一年だけでも、友達やその友達のアンドロイドが、牛や象と結婚したという話を聞く。

経験主義の縛りを持つアンドロイドは、人間以上によく旅をする。

それは、旅を通じて自分の経験をブラッシュアップしようとするからだ。

そしてその旅のどこかで、彼らは人間よりも動物に惹かれていく傾向があるらしい。牛や象と結婚する心性は、さすがにぼくには理解できない。けれども、心のどこかに羨《うらや》ましいような思いもある。つがいとなった象とともに、ゆったりと歩き、水を浴び、まったく異なる時間感覚を生きる。それも、一つの生きかたであるように感じられた。

ぼくらは取っておいた宿に荷物を残し、早速、リュセの案内でジャングルに入った。犬のオディはユーセフに懐《なつ》き、ぼくが手を伸ばすとグルルと威嚇《いかく》した。

一時間ほど、道ともつかない道を歩いたところだった。

ぼくたちがここまで来た目的は、リュセと、そしてもう一人の個体との再会だ。その個体が長い眠りにつくまで、リュセは綿密な聞き取《う》り調査をし、またその過程で必要なケアを施したという。

二番街黎明期の古い遺跡や、それを取り囲む龍榕樹《りゅうようじゅ》が目立ちはじめた。

龍榕樹は二番街固有の種だ。それが太古のカプセル型の住居を覆い、相互にからんでは融《と》けあい、まるで一つの巨大な生命のようにも見える。遺跡のちょうど真ん中のあたりだった。二本、三本もの大樹が鬱蒼《うっそう》と茂り、からまりあうなか、そのアンドロイドは眠っていた。身体の大半はすでに幹に取り囲まれ、朽ち、かろうじて顔が判別できるくらいだった。

あるとき、彼は革命家だった。二番街元大統領、ハシム・ゲベイェフだ。

また別のあるとき、彼は旅人だった。

こうした長い遍歴の果てに二番街の大統領にまで登りつめ、そして失脚した王が最後に選択したのは、龍榕樹との結婚だった。リュセの話によると、周辺の若木たちは、皆、ゲベイェフの子孫たちだという。巻き貝が精子や卵子だけでなく、花粉の類いも生成できるようになったのは、もちろん彼女の研究によるものだ。

若木といえども成長は早く、すでに三階建ての建物くらいの高さになった木もある。

木々に囲まれて眠るゲベイェフの顔は穏やかで、心に響くものがあった。もう数年もすれば、全身を飲まれ、彼がここにいた痕跡もなくなるという。

温《ぬる》い風が吹き抜けた。

かつてぼくの頭を撫でたエイダの手の、不思議な感触が思い出された。

なぜ彼がこのような選択をしたかは、わかるはずもない。だが、腑《ふ》に落ちるものがあるのも確かだった。それは、死というものが取りうる一つの理想の形であるようにも思えた。

ユーセフはというと、複雑な表情でざらついた木の幹を撫でている。

かつて彼の研究を無に帰させた宿敵は、その熾烈《しれつ》な生涯を熱帯で閉じた。

「どいつもこいつも……」

いつの間に買ってきていたのか、ユーセフは一本の香を土に差し、火を点した。

見上げると、密に繁《しげ》った龍榕樹の葉の隙間から、二番街の二つの太陽が木漏《こも》れ日となり、ぼくたちを照らしていた。カスミアオイの群れが、風に乗り、ゆったりと東へ過ぎ去った。

時間にすれば、十五分余りだったろうか。やがて、辛気臭い話はここまでとばかりに、久々の再会を祝し、街へ戻って川沿いの食堂で乾杯をすることにした。ガイドブックによると、赤バナナの酒というのが絶品らしいのだ。来る前から、ぼくはそれが楽しみだった。酒を呑まないユーセフを、羨ましがらせたくもある。

ところが、店先まで来たところで、思わぬ門前払いを食ってしまった。

「当店では排外主義者の入店をお断りしています」

いまだに、ぼくの顔は二番街の恥として消えることなくウェブに残されている。もう勘弁してよと思うが、自分がまいた種だ。

結局、ぼくはオディと一緒に、外で蚊に食われながら待つこととなった。オディはつながれることもなく、大人しくその場に伏せていた。何を話しこんでいるのか、ユーセフもリュセも、いつまで経っても出てこない。陽が沈み、肌寒くなってきた。泣きそうだ。

このときオディがどこぞへと駆けていき、やがて一本の骨をくわえて、特別サービスだと言わんばかりの顔とともに、ぼくの前に落とした。思わぬ好意に、ぼくはオディを撫でようと手を伸ばした。おまえと一緒にするなとでもいうように、グルルと吼《ほ》えられた。

なかば悟ったような心持ちで、ぼくは他人事のように思った。

まったく、なぜいつもこうなるのだろう。

謝辞

作中で扱われる金融工学については、主に以下の二冊を参考としています。

『金融工学――ポートフォリオ選択と派生資産の経済分析』野口悠紀雄・藤井眞理子、ダイヤモンド社、二〇〇〇年

『量子ファイナンス工学入門』前田文彬、日科技連出版社、二〇〇五年

このほかにも、多くの文献やウェブ記事を参照しました。金融という複雑怪奇な代物を扱うにあたっては、加藤元浩氏の漫画、『Q.E.D.――証明終了』における手法を参考にしました（このシリーズからは、ほかにも多くの示唆《しさ》を得ています）。

また、本書の執筆にあたり、端江田仗様、林哲也様、笛吹太郎様、迷路平蔵様、山根匡人様など、多くのかたから貴重な示唆や教示をいただくことができました。文中の誤りやデタラメな理論は、すべて私の責によるものです。

シリーズの途中で、コンピュータによる取引戦争、ビットコイン、そしてディープラーニングと、次々に現実が追いついてくるのは、怖ろしくも刺激的な作業でありました。

最後になりましたが、初出の『NOVA』に掲載される際、根気強い幾度もの没出しを通して私を鍛えてくださった大森望様、最後までつき添っていただいた河出書房新社の伊藤靖様――そして本書を手にとってくださいましたすべてのかたに御礼申し上げます。

初出一覧

「スペース金融道」
『書き下ろし日本SFコレクション　NOVA5』河出文庫、二〇一一年八月
「スペース地獄篇」
『書き下ろし日本SFコレクション　NOVA7』河出文庫、二〇一二年二月
「スペース蜃気楼」
『書き下ろし日本SFコレクション　NOVA9』河出文庫、二〇一三年一月
「スペース珊瑚礁」
『書き下ろし日本SFコレクション　NOVA+　バベル』河出文庫、二〇一四年十月
「スペース決算期」
二〇一六年八月刊行の単行本時に書き下ろし

解説

大森 望

「わたしたち新星金融は、多様なサービスを通じて人と経済をつなぎ、豊かな明るい未来の実現を目指します。期日を守ってニコニコ返済――」

――というスローガンを企業理念に掲げる貸金業者、新星金融。このブラックな〝マチ金〟に転職した新米社員の〝ぼく〟は、無理難題ばかり押しつけてくる傲岸不遜《ごうがんふそん》でいい加減な上司と心ならずもタッグを組み、きょうも債権回収に奔走する。

こんなふうに紹介するとブラック企業のお仕事小説のようだが（実際そういう側面もなくはない）、本書『スペース金融道』は、ふつうのマチ金ものとはちょっと毛色が違う。〝ぼく〟が勤務するのは新星金融の二番街支社。二番街とは、人類が最初に入植した植民惑星――地球から十七光年の彼方にある太陽系外惑星なのである。

必然的に時代設定は遥か未来だが、その二番街にも現代の地球とあまり変わらない社会が築かれているらしく、まっとうな顧客はまっとうな金融機関に融資を申し込む。

ブラックな新星金融が相手にするのは、大手が相手にしたがらないアンドロイドや、なんらかの特殊事情を抱える顧客たち。法外な利息をとるかわり、相手がバクテリアでもエイリアンでも人工生命でも植物でも、うるさいことは言わずにカネを貸す。ただし、返済が遅れたらタダでは済まない。「宇宙だろうと深海だろうと、核融合炉内だろうと零下一九〇度の惑星だろうと取り立てる」というのが新星金融のモットー。どう考えても債権回収コストが回収金額を上回りそうなケースが少なくないが、そんなことは問題ではない。この業界、〝舐《な》められたら終わり〟なのである。

というわけで、本書『スペース金融道』は、世界的にも珍しい金融SFというか借金取りSF。全五話から成る短編連作形式で、著者にとっては六冊目の著書にあたる。作河出書房新社から四六判ソフトカバーで発売されたのは、二〇一六年八月のこと。作家歴で言えばわりあい初期に属する単行本が、七年半の歳月を経てようやく文庫化されたわけだ。

宮内悠介と言えば、第1回創元SF短編賞山田正紀賞（選考委員特別賞）を受賞した「盤上の夜」を表題作とする連作集『盤上の夜』で二〇一二年に書籍デビュー。これがいきなり直木賞候補となり、日本SF大賞を受賞。以来、SF、本格ミステリ、冒険小説、純文学などさまざまなジャンルでボーダレスに活躍してきた。吉川英治文学新人賞、三島由紀夫賞、星雲賞、芸術選奨文部科学大臣新人賞など数々の栄冠に輝き、直木賞候補四度、芥川賞候補二度。二〇二四年二月現在、キャリア十二年で単独著書は十七冊を数える。

その著作リストをあらためて眺めてみると、宮内悠介がSFから出発して、じょじょに領土を開拓しつづけていることがわかる。遠未来の太陽系外惑星を主な舞台とする『スペース金融道』は、著者の作品群の中ではもっともSF度が高く、ホームグラウンドのど真ん中に位置していると同時に、著者みずから「私のもうひとつの原点」と語るとおり、その始まりは作家歴の最初期に位置している。本書表題作「スペース金融道」を収録した書き下ろしSFアンソロジー『NOVA5』（大森望責任編集／河出文庫）が刊行されたのは二〇一一年八月。原型となった作品が書かれたのはそれよりさらに古く——という話の前に、本書の内容についてもう少し細かく見てみよう。

『スペース金融道』という題名は、もちろん、青木雄二の大ヒット漫画『ナニワ金融道』に由来する。一九九〇年代、講談社の漫画週刊誌〈モーニング〉に連載されたこの作品は、マチ金の「帝国金融」に入社した新米営業マン灰原達之が百戦錬磨の先輩・桑田澄男とコンビを組んで業界のイロハを学びながら成長していくというストーリー。本書で言えば〝ぼく〟が灰原、ユーセフは桑田の役どころだ。ユーセフにこき使われるうち、宇宙カジノで臓器をチップに替えてギャンブルさせられたり、ナノマシンに体を乗っ取られてテロ事件に巻き込まれたり、なぜか毎回〝ぼく〟が貧乏くじを引くことになるのが本書のお約束。

ちなみに宮内悠介のデビュー短編「盤上の夜」の主人公の名は灰原由宇。これまた『ナニワ金融道』由来か——と思って著者に確認したところ、『ナニワ金融道』はまったく意識せずにつけた名前だという（白と黒の石を盤上に置く囲碁の話だから灰原——というもっともらしい解釈も、当時は考えていなかったらしい）。だとすれば、「盤上の夜」と『スペース金融道』は不思議な偶然で結ばれていることになる。

とはいえ本書は、べつだん宇宙版『ナニワ金融道』を目指しているわけではない。債権回収はあくまでも各話の導入。ベタなパロディを思わせる脱力系のタイトルと主役コンビのドツキ漫才みたいなやりとりでリアリティレベルを下げたうえで、各話の中に本格SFの斬新なアイデアやモチーフをいくつも放り込み、野心的なテーマに挑戦する。汎語《はんご》（機械翻訳に最適化されたクレオール英語）、量子金融工学、逃亡人格の追跡、人工生命の労働報酬に対するアンチダンピング関税……。それらを束ねる軸になるのがアンドロイドだ。

本書に登場するアンドロイドには、次の三原則が刷り込まれている。

第一条　人格はスタンドアロンでなければならない
第二条　経験主義を重視しなければならない

第三条　グローバルな外部ネットワークにアクセスしてはならない

元ネタと思われるアイザック・アシモフのロボット工学三原則（大ざっぱに要約すると、優先度順に、①人間に危害を加えるな、②人間の命令に従え、③自分の身を守れ）に比べて直感的にわかりにくいが、第一条は人格の複製や転写の禁止、第三条はネット接続の禁止を意味する。いちばんややこしいのが第二条で、これはアンドロイドの思考を機械知性（合理主義）から人間（経験主義）に近づけるための方便みたいなものと言うべきか。

作中では、黒猫を見かけた日に不幸に見舞われる経験をしたので、次に黒猫を見た日には会社を休むことにする——というような事例が挙げられている。「要は、あまり合理的すぎるのもなんなので、もう少し人間風に行きましょうということ」らしい。

野村総合研究所の柏木亮二氏は、同社サイトに連載されている書評コラム「柏木亮二のDX Book Review」の中で、この第二条について、「アンドロイドに、一種の不合理な意思決定をさせるためのバイアスを埋め込むことを意味している」と説明し、次のように書いている。

「経験主義」とは、「本来因果関係がないものに因果関係を見出すための仕組み」

として機能する。たとえば「今朝飲んだお茶に茶柱が立っていた。そして今日はいいことがあった。ならば次に茶柱が立った日にもいいことがあるだろうと予測する」といったバイアスである。これは言ってみれば、人間の持つ認知バイアスをアンドロイドに埋め込むことで、人間との協調を測る仕組みと言える。完全合理主義のアンドロイドを、経済学でいうところの「ホモ・エコノミクス」、経験主義を埋め込まれたアンドロイドを「認知バイアスを持つ実際の人間」として対比すれば、このアイデアの秀逸さが分かるだろう。

（「ＡＩをめぐるＳＦ短編」より）

アンドロイドの個体によって、経験主義を重視する度合いに差があるのもミソで、あえて曖昧な条項を入れることで、ルールに幅を持たせている。これまで多くのＳＦ作家がロボット工学三原則の新バージョンを考案してきたが、こういう発想はたぶん前例がない。アシモフはロボット工学三原則を使ってＳＦミステリ短編の傑作をいくつも生み出したが（『われはロボット』などに収録）、宮内悠介も、この新三原則を使って本書にさまざまなミステリ的トリックを仕掛けている。実際、ユニークな特殊設定ミステリとして本書を読むこともできる。

この宮内版ロボット三原則の起源は「スペース金融道」よりさらに古く、筆者が知るかぎりでは、二〇一〇年九月十日に著者から『NOVA』に投稿されてきた未発表の短編「犀の角のようにただ独り歩め」にまで遡る。機械の知性に歯止めをかけるために人類が新三原則を策定、ロボットたちは紙の本を手に世界各地を旅するようになる——というストーリーだ。この三原則のアイデアが新星金融二番街支社という設定を得て、本書に結実したことになる。これにつづいて送られてきた同じく未発表の「ニーチェ・シャフトの航海」は、「スペース地獄篇」の地獄の設定に再利用されている（語り手が落ちぶれた元エンジニアで、かつては宇宙エレベーターの開発者だったという同作の設定も「地獄篇」に生かされている）。

本書巻末の謝辞に出てくる〝幾度もの没出し〟というのはこの投稿のこと。書き溜めていたらしいSF短編が矢継ぎ早に（一日のうちに三本！）届いて、著者の半端ないやる気と熱量に驚いたが、この時点ではまだ、せっかくの秀逸なアイデアが、SFとしてはいずれも生煮えの状態だった。しかし、三本ボツにされてもまったく挫けないのが宮内悠介の見上げた作家魂。それから一年後、本書表題作「スペース金融道」が送られてきて、見違えるような変貌ぶりに目をみはることになる。宮内悠介がSFに開眼したのはこのときだと、勝手に思っている（なお、ボツになった三本のうち残り一本は、精神医学とロボトミーをテーマにしたタイムスリップもので、こちらはたぶん、長編『エクソダス症候群』の材料の一部になっている）。

……と、舞台裏をさらすようなことをつい長々と書いたが、要するに、本書『スペース金融道』は、まさに〝SF作家・宮内悠介〟の出発点。それがこうして文庫化されてより多くの読者の目に触れるようになったことを喜ぶと同時に、SFファン、宮内ファンのひとりとして、著者がまたいつかSFという故郷に華々しく凱旋《がいせん》してくれることに期待したい。

（おおもり・のぞみ／翻訳家・書評家）

宮内悠介著書リスト

1『盤上の夜』（２０１２年３月、創元日本ＳＦ叢書↓２０１４年４月、創元ＳＦ文庫）
2『ヨハネスブルグの天使たち』（２０１３年５月、ハヤカワＳＦシリーズＪコレクション↓２０１５年８月、ハヤカワ文庫ＪＡ）
3『エクソダス症候群』（２０１５年６月、創元日本ＳＦ叢書↓２０１７年７月、創元ＳＦ文庫）
4『アメリカ最後の実験』（２０１６年１月、新潮社↓２０１８年８月、新潮文庫）
5『彼女がエスパーだったころ』（２０１６年４月、講談社↓２０１８年４月、講談社文庫）

6『スペース金融道』（2016年8月、河出書房新社→2024年3月、河出文庫）＊本書
7『月と太陽の盤　碁盤師・吉井利仙の事件簿』（2016年11月、光文社→2019年7月、光文社文庫）
8『カブールの園』（2017年1月、文藝春秋→2020年1月、文春文庫）
9『あとは野となれ大和撫子』（2017年4月、KADOKAWA→2020年11月、角川文庫）
10『ディレイ・エフェクト』（2018年2月、文藝春秋）
11『超動く家にて』（2018年2月、創元日本SF叢書→『超動く家にて　宮内悠介短編集』2021年4月、創元SF文庫）
12『偶然の聖地』（2019年4月、講談社→2021年9月、講談社文庫）
13『遠い他国でひょんと死ぬるや』（2019年9月、祥伝社→2022年9月、祥伝社文庫）
14『黄色い夜』（2020年7月、集英社→2023年11月、集英社文庫）
15『かくして彼女は宴で語る　明治耽美派推理帖』（2022年1月、幻冬舎→2023年10月、幻冬舎文庫）
16『ラウリ・クースクを探して』（2023年8月、朝日新聞出版）
17『国歌を作った男』（2024年2月、講談社）

本書は二〇一六年十月に河出書房新社より単行本として刊行されました。

スペース金融道《きんゆうどう》

二〇二四年 三 月一〇日 初版印刷
二〇二四年 三 月二〇日 初版発行

著　者　宮内悠介《みやうちゆうすけ》
発行者　小野寺優
発行所　株式会社河出書房新社
〒一五一-〇〇五一
東京都渋谷区千駄ヶ谷二-三二-二
電話〇三-三四〇四-八六一一（編集）
〇三-三四〇四-一二〇一（営業）
https://www.kawade.co.jp/

ロゴ・表紙デザイン　粟津潔
本文フォーマット　佐々木暁
本文組版　株式会社キャップス
印刷・製本　中央精版印刷株式会社

Printed in Japan ISBN978-4-309-42088-2

ポリフォニック・イリュージョン
飛浩隆　41846-9

日本SF大賞史上初となる二度の大賞受賞に輝いた、現代日本SF最高峰作家のデビュー作をはじめ、貴重な初期短編６作。文庫オリジナルのボーナストラックとして超短編を収録。

SFにさよならをいう方法
飛浩隆　41856-8

名作SF論から作家論、書評、エッセイ、自作を語る、対談、インタビュー、帯推薦文まで、日本SF大賞二冠作家・飛浩隆の貴重な非小説作品を網羅。単行本未収録作品も多数収録。

自生の夢
飛浩隆　41725-7

73人を言葉だけで死に追いやった稀代の殺人者が、怪物〈忌字禍〉を滅ぼすために、いま召還される。10年代の日本ＳＦを代表する作品集。第38回日本ＳＦ大賞受賞。

ここから先は何もない
山田正紀　41847-6

小惑星探査機が採取してきたサンプルに含まれていた、人骨化石。その秘密の裏には、人類史上類を見ない、密室トリックがあった……！　巨匠・山田正紀がおくる長編ＳＦ。

シャッフル航法
円城塔　41635-9

ハートの国で、わたしとあなたが、ボコボコガンガン、支離滅裂に。世界の果ての青春、宇宙一の料理に秘められた過去、主人公連続殺人事件……甘美で繊細、壮大でボンクラ、極上の作品集。

さよならの儀式
宮部みゆき　41919-0

親子の救済、老人の覚醒、30年前の自分との出会い、仲良しロボットとの別れ、無差別殺傷事件の真相、別の人生の模索……淡く美しい希望が灯る。宮部みゆきがおくる少し不思議なSF作品集。

かめくん

北野勇作 41167-5

かめくんは、自分がほんもののカメではないことを知っている。カメに似せて作られたレプリカメ。リンゴが好き。図書館が好き。仕事も見つけた。木星では戦争があるらしい……。第22回日本ＳＦ大賞受賞作。

カメリ

北野勇作 41458-4

世界からヒトが消えた世界のカフェで、カメリは推論する。幸せってなんだろう？　カフェを訪れる客、ヒトデナシたちに喜んでほしいから、今日もカメリは奇跡を起こす。心温まるすこし不思議な連作短編。

ぴぷる

原田まりる 41774-5

2036年、ＡＩと結婚できる法律が施行。性交渉機能を持つ美少女ＡＩ、憧れの女性、気になるコミュ障女子のはざまで「なぜ人を好きになるのか」という命題に挑む哲学的ＳＦコメディ！

小松左京セレクション 1 日本

小松左京　東浩紀〔編〕 41114-9

小松左京生誕八十年記念／追悼出版。代表的短篇、長篇の抜粋、エッセイ、論文を自在に編集し、ＳＦ作家であり思想家であった小松左京の新たな姿に迫る、画期的な傑作選。第一弾のテーマは「日本」。

小松左京セレクション 2 未来

小松左京　東浩紀〔編〕 41137-8

いまだに汲み尽くされていない、深く多面的な小松左京の「未来の思想」。「神への長い道」など名作短篇から論考、随筆、長篇抜粋まで重要なテクストのみを集め、その魅力を浮き彫りにする。

NOVA 2019年春号

大森望〔責任編集〕 41651-9

日本ＳＦ大賞特別賞受賞のＳＦアンソロジー・シリーズ、復活。全十作オール読み切り。飛浩隆、新井素子、宮部みゆき、小林泰三、佐藤究、小川哲、赤野工作、柞刈湯葉、片瀬二郎、高島雄哉。

NOVA　2021年夏号
大森望〔責任編集〕　41799-8

日本SFの最前線、完全新作アンソロジー最新号。新井素子、池澤春菜、柞刈湯葉、乾緑郎、斧田小夜、坂永雄一、高丘哲次、高山羽根子、酉島伝法、野崎まど、全10人の読み切り短編を収録。

NOVA　2023年夏号
大森望〔責任編集〕　41958-9

完全新作、日本SFアンソロジー。揚羽はな、芦沢央、池澤春菜、斧田小夜、勝山海百合、最果タヒ、斜線堂有紀、新川帆立、菅浩江、高山羽根子、溝渕久美子、吉羽善、藍銅ツバメの全13編。

はい、チーズ
カート・ヴォネガット　大森望〔訳〕　46472-5

「さよならなんて、ぜったい言えないよ」バーで出会った殺人アドバイザー、夫の新発明を試した妻、見る影もない上司と新人女性社員……やさしくも皮肉で、おかしくも深い、ヴォネガットから14の贈り物。

人みな眠りて
カート・ヴォネガット　大森望〔訳〕　46479-4

ヴォネガット、最後の短編集！　冷蔵庫型の彼女と旅する天才科学者、殺人犯からメッセージを受けた女性事務員、消えた聖人像事件に遭遇した新聞記者……没後に初公開された珠玉の短編十六篇。

輝く断片
シオドア・スタージョン　大森望〔編〕　46344-5

雨降る夜に瀕死の女をひろった男。友達もいない孤独な男は決意する——切ない感動に満ちた名作八篇を収録した、異色ミステリ傑作選。第三十六回星雲賞海外短編部門受賞「ニュースの時間です」収録。

海を失った男
シオドア・スタージョン　若島正〔編〕　46302-5

めくるめく発想と異様な感動に満ちたスタージョン傑作選。圧倒的名作の表題作、少女の手に魅入られた青年の異形の愛を描いた「ビアンカの手」他、全八篇。スタージョン再評価の先鞭をつけた記念碑的名著。

銀河ヒッチハイク・ガイド

ダグラス・アダムス　安原和見〔訳〕　46255-4

銀河バイパス建設のため、ある日突然地球が消滅。地球最後の生き残りであるアーサーは、宇宙人フォードと銀河でヒッチハイクするはめに。抱腹絶倒ＳＦコメディ「銀河ヒッチハイク・ガイド」シリーズ第一弾！

宇宙クリケット大戦争

ダグラス・アダムス　安原和見〔訳〕　46265-3

遠い昔、遙か彼方の銀河で、クリキット軍の侵略により銀河系は絶滅の危機に陥った——甦った軍を阻むのは、宇宙イチいい加減なアーサー一行。果たして宇宙は救われるのか？　傑作ＳＦコメディ第三弾！

さようなら、いままで魚をありがとう

ダグラス・アダムス　安原和見〔訳〕　46266-0

十万光年をヒッチハイクして、アーサーがたどり着いたのは、八年前に破壊されたはずの地球だった!!　この〈地球〉の正体は!?　大傑作ＳＦコメディ第四弾！……ただし、今回はラブ・ストーリーです。

ほとんど無害

ダグラス・アダムス　安原和見〔訳〕　46276-9

銀河の辺境で第二の人生を手に入れたアーサー。だが、トリリアンが彼の娘を連れて現れる。一方フォードは、ガイド社の異変に疑問を抱き——。ＳＦコメディ「銀河ヒッチハイク・ガイド」シリーズついに完結！

ダーク・ジェントリー全体論的探偵事務所

ダグラス・アダムス　安原和見〔訳〕　46456-5

お待たせしました！　伝説の英国コメディＳＦ「銀河ヒッチハイク・ガイド」の故ダグラス・アダムスが遺した、もうひとつの傑作シリーズがついに邦訳。前代未聞のコミック・ミステリー。

これが見納め

ダグラス・アダムス／マーク・カーワディン／リチャード・ドーキンス　安原和見〔訳〕　46768-9

カカポ、キタシロサイ、アイアイ、マウンテンゴリラ……。『銀河ヒッチハイク・ガイド』の著者たちが、世界の絶滅危惧種に会いに旅に出た！自然がますます愛おしくなる、紀行文の大傑作！

宇宙の果てのレストラン

ダグラス・アダムス　安原和見〔訳〕　46256-1

宇宙船が攻撃され、アーサーらは離ればなれに。元・銀河大統領ゼイフォードとマーヴィンがたどりついた星で遭遇したのは⁉　宇宙の迷真理を探る一行のめちゃくちゃな冒険を描く、大傑作ＳＦコメディ第二弾！

長く暗い魂のティータイム

ダグラス・アダムス　安原和見〔訳〕　46466-4

奇想ミステリー「ダーク・ジェントリー全体論的探偵事務所」シリーズ第二弾！　今回、史上もっともうさんくさい私立探偵ダーク・ジェントリーが謎解きを挑むのは……なんと「神」です。

ハローサマー、グッドバイ

マイクル・コーニイ　山岸真〔訳〕　46308-7

戦争の影が次第に深まるなか、港町の少女ブラウンアイズと再会を果たす。ぼくはこの少女を一生忘れない。惑星をゆるがす時が来ようとも……少年のひと夏を描いた、ＳＦ恋愛小説の最高峰。待望の完全新訳版。

たんぽぽ娘

ロバート・F・ヤング　伊藤典夫〔編〕　46405-3

未来から来たという女のたんぽぽ色の髪が風に舞う。「おとといは兎を見たわ、きのうは鹿、今日はあなた」……甘く美しい永遠の名作「たんぽぽ娘」を伊藤典夫の名訳で収録するヤング傑作選。全十三篇収録。

パラークシの記憶

マイクル・コーニイ　山岸真〔訳〕　46390-2

冬の再訪も近い不穏な時代、ハーディとチャームのふたりは出会う。そして、あり得ない殺人事件が発生する……。名作『ハローサマー、グッドバイ』の待望の続編。いますべての真相が語られる。

塵よりよみがえり

レイ・ブラッドベリ　中村融〔訳〕　46257-8

魔力をもつ一族の集会が、いまはじまる！　ファンタジーの巨匠が五十五年の歳月を費やして紡ぎつづけ、特別な思いを込めて完成した伝説の作品。奇妙で美しくて涙する、とても大切な物語。

クライム・マシン

ジャック・リッチー　好野理恵〔訳〕　46323-0

自称発明家がタイムマシンで殺し屋の犯行現場を目撃したと語る表題作、MWA賞受賞作「エミリーがいない」他、全十四篇。『このミステリーがすごい！』第一位に輝いた、短篇の名手ジャック・リッチー名作選。

カーデュラ探偵社

ジャック・リッチー　駒月雅子／好野理恵〔訳〕　46341-4

私立探偵カーデュラの営業時間は夜間のみ。超人的な力と鋭い頭脳で事件を解決、常に黒服に身を包む名探偵の正体は……〈カーデュラ〉シリーズ全八篇と、新訳で贈る短篇五篇を収録する、リッチー名作選。

ギフト　西のはての年代記Ⅰ

ル＝グウィン　谷垣暁美〔訳〕　46350-6

ル＝グウィンが描く、〈ゲド戦記〉以来のＹＡファンタジーシリーズ第一作！　〈ギフト〉と呼ばれる不思議な能力を受け継いだ少年オレックは、強すぎる力を持つ恐るべき者として父親に目を封印される――。

パワー　上　西のはての年代記Ⅲ

ル＝グウィン　谷垣暁美〔訳〕　46354-4

〈西のはて〉を舞台にしたファンタジーシリーズ第三作！　少年奴隷ガヴィアには、たぐいまれな記憶力と、不思議な幻を見る力が備わっていた――。ル＝グウィンがたどり着いた物語の極致。ネビュラ賞受賞。

パワー　下　西のはての年代記Ⅲ

ル＝グウィン　谷垣暁美〔訳〕　46355-1

〈西のはて〉を舞台にした、ル＝グウィンのファンタジーシリーズ、ついに完結！　旅で出会った人々に助けられ、少年ガヴィアは自分のふたつの力を見つめ直してゆく――。ネビュラ賞受賞。

ラウィーニア

アーシュラ・K・ル＝グウィン　谷垣暁美〔訳〕　46722-1

トロイア滅亡後の英雄の遍歴を描く『アエネーイス』に想を得て、英雄の妻を主人公にローマ建国の伝説を語り直した壮大な愛の物語。『ゲド戦記』著者が古代に生きる女性を生き生きと描く晩年の傑作長篇。

いまファンタジーにできること

アーシュラ・K・ル=グウィン　谷垣暁美〔訳〕　46749-8

『指輪物語』『ドリトル先生物語』『少年キム』『黒馬物語』など名作の読み方や、ファンタジーの可能性を追求する評論集。「子どもの本の動物たち」「ピーターラビット再読」など。

短くて恐ろしいフィルの時代

ジョージ・ソーンダーズ　岸本佐知子〔訳〕　46736-8

脳が地面に転がるたびに熱狂的な演説で民衆を煽る独裁者フィル。国民が６人しかいない小国をめぐる奇想天外かつ爆笑必至の物語。ブッカー賞作家が生みだした大量虐殺にまつわるおとぎ話。

完全な真空

スタニスワフ・レム　沼野充義／工藤幸雄／長谷見一雄〔訳〕　46499-2

「新しい宇宙創造説」「ロビンソン物語」「誤謬としての文化」など、名作『ソラリス』の巨人が文学、SF、文化論、宇宙論を換骨奪胎。パロディやパスティーシュも満載の、知的刺激に満ちた〈書評集〉。

歩道橋の魔術師

呉明益　天野健太郎〔訳〕　46742-9

1979年、台北。中華商場の魔術師に魅せられた子どもたち。現実と幻想、過去と未来が溶けあう、どこか懐かしい極上の物語。現代台湾を代表する作家の連作短篇。単行本未収録短篇を併録。

終わらざりし物語　上

J・R・R・トールキン　C・トールキン〔編〕　山下なるや〔訳〕　46739-9

『指輪物語』を読み解く上で欠かせない未発表文書を編んだ必読の書。トゥオルの勇姿、トゥーリンの悲劇、ヌーメノールの物語などを収録。

終わらざりし物語　下

J・R・R・トールキン　C・トールキン〔編〕　山下なるや〔訳〕　46740-5

イシルドゥルの最期、ローハンの建国記、『ホビットの冒険』の隠された物語など、トールキン世界の空白を埋める貴重な遺稿集。巻末資料も充実。